Collection

khamsa

Fictions arabophones du Maghreb

Des choses qui arrivent

Salah Badis

Des choses qui arrivent

nouvelles

Traduit de l'arabe (Algérie) par Lotfi Nia

Philippe Rey [barzakh]

Cet ouvrage a reçu le soutien du programme
d'aide à la traduction de l'Institut français d'Algérie.

INSTITUT FRANÇAIS ALGERIE

Traduction réalisée avec l'aide précieuse de Sarah Ahnou,
Yamina Hellal et Salah Badis.

Achevées en décembre 2018, les nouvelles assemblées dans ce recueil
ont été écrites à différents moments, entre l'Algérie et les États-Unis.

Titre original :
هذه أمور تحدث

Édition originale :

Note du traducteur

Le principal enjeu de traduction des nouvelles de Salah Badis était d'en restituer la polyphonie. Ces textes pétrissent une pâte de langues, s'y mêlent l'arabe littéral (ou arabe classique), la daridja (l'arabe commun) et le français sous différentes formes. Cette hybridation est une pratique courante dans le parler quotidien de la région d'Alger, elle l'est moins en littérature. Salah Badis est un des rares écrivains à y avoir recours. L'épaisseur de ses personnages tient beaucoup à leur voix ; leur façon d'enchevêtrer les langues leur donne du caractère et dit quelque chose de leur origine géographique, de leur milieu social, de leur éducation, de leur manière d'être homme ou femme. Quand un garçon de Réghaïa (trente-cinq kilomètres à l'est d'Alger) rencontre une fille du centre-ville qui étudie en France, ou quand une femme âgée de culture francophone échange avec un modeste brocanteur ambulant, ils parlent des langues différentes mais ils arrivent à discuter, ils s'ajustent, leur relation naît dans l'invention d'une mixture langagière commune.

Les pages de Salah Badis sont surprenantes pour de nombreux lecteurs arabes, dans la mesure où le texte passe parfois au français, à un autre alphabet. Afin de ne pas perdre cette hétérogénéité dans la traduction, il est chaque fois signalé quand les personnages s'expriment en français. Ont aussi été conservées certaines tournures en arabe ou en daridja, ainsi que les paroles des chansons. Cependant, il était important de tendre à la fluidité et à la spontanéité, comme le fait l'auteur. Les notes de bas de page ont ainsi été réduites le plus possible, les mots et expressions restés en arabe sont souvent précédés ou suivis de leur équivalent en français, et le lexique en fin d'ouvrage pourra rassurer les lecteurs sur leur sens précis.

Une idée de génie

La lune était pleine quand l'avion s'est posé. Je suis monté dans le bus à l'aéroport et suis descendu place Audin. J'ai tiré la valise par la poignée, mais le bruit des roulettes résonnait dans les rues désertes. Je l'ai soulevée et j'ai pris la direction de la rue Réda-Houhou. Je déteste arriver à Alger la nuit.

Ça n'allait pas fort pour nous. Je revenais d'une formation de quinze jours à Istanbul, et Kahina était toujours aussi impliquée dans la grève des médecins résidents. Le mouvement était dans l'impasse et elle se retrouvait – comme tous les autres – à devoir repartir de zéro, après treize ans d'études et de travail à l'hôpital. Comme si tout ça ne suffisait pas, on était sur le point d'être expulsés de chez nous.

J'ai posé ma valise sur l'épais carrelage coloré de la chambre, Kahina a fermé la porte, j'ai ouvert la fenêtre pour fumer. Je voyais un tronçon de rue couvert par l'ombre allongée de la mosquée El-Rahma.

« On a une semaine pour quitter l'appart. » C'est comme ça qu'elle me l'a annoncé. Elle était assise sur le lit, dans un T-shirt noir et ample, de la même couleur que ses cheveux.

On habitait dans la grande pièce, le *salon**[1], alors que Samar – amie de Kahina et propriétaire de l'appartement – occupait la pièce au fond du couloir ; il y avait aussi la jeune Égyptienne qui louait la chambre en face de la cuisine, et une quatrième pièce faisant office d'espace commun. Jusque-là, tout est clair.

Durant mon voyage, Kahina avait pris le café avec l'Égyptienne, elles s'étaient assises et avaient papoté – une fin d'après-midi printanière comme une autre, sans rien d'exceptionnel, un bon moment ensemble dans le genre *Femmes d'Alger dans leur appartement*. Notre jeune colocataire lui avait posé des questions sur les raisons de la grève et le niveau de vie des médecins, leur salaire. Elle, elle effectuait un volontariat international dans une ONG, elle habitait avec nous depuis neuf mois. Toutes les deux avaient éclaté de rire en se rendant compte que les indemnités perçues par l'Égyptienne (même pas un salaire) équivalaient à la paie de Kahina dans le secteur public, malgré ses années d'études et son expérience.

Elle lui avait dit qu'elle comprenait qu'ils s'accrochent à la grève et à leurs revendications – amélioration des conditions de travail et réforme des années de service civil que les médecins passent dans des régions pour ainsi dire perdues où le manque de moyens est criant, surtout comparé au développement des services de santé ailleurs dans le monde. La jeune Égyptienne avait évoqué la cherté de la vie en Algérie, elle imaginait que le salaire de Kahina devait tout juste nous

1. Le texte original comporte des mots et des phrases en français, qui seront signalés en italique, suivis d'un astérisque. (*Toutes les notes sont du Traducteur.*)

permettre de payer le loyer. Kahina avait ri. *Sah*[1], c'est vrai, c'est pas l'abondance, lui avait-elle dit, mais Dieu merci, le loyer est abordable ici, d'autant qu'on n'occupe qu'une chambre. L'Égyptienne n'était pas d'accord: Kahina disait que le loyer était « abordable » parce qu'elle n'était pas au courant des tarifs pratiqués dans d'autres pays. Elle, au prix où elle louait sa chambre, elle aurait pu se payer un appartement en Égypte!

« Là, j'ai compris qu'il y avait un truc pas net », m'a fait Kahina en surveillant la porte de la chambre.

Elle a découvert que son amie Samar réclamait à l'Égyptienne trois fois le loyer normal et lui faisait croire que c'était le tarif habituel.

« Tu sais quoi… ça nous a soufflées. On s'est plus rien dit pendant deux minutes. »

L'Égyptienne a guetté le retour de Samar. Kahina avait l'impression d'avoir posé le pied sur une mine. La propriétaire est rentrée et des cris ont aussitôt éclaté, Kahina a essayé de s'en mêler mais Samar lui a demandé de rester à l'écart. Elle s'expliquerait avec elle plus tard. Le lendemain matin, Kahina a reçu un e-mail de Samar lui demandant de quitter la chambre à la fin du mois, ce qui nous laissait une semaine pour déménager.

Le lendemain de mon retour, dans la soirée, après que Samar fut rentrée, Kahina m'a dit qu'elle avait dressé une liste d'appartements à visiter. Pour en parler, il a fallu sortir. On a remonté lentement la rue Victor-Hugo puis

1. La traduction conserve certains mots d'arabe parlé algérien. Importés tels quels, ils sont en italique et suivis ou précédés de leur traduction en français (ici « c'est vrai »). Pour certains mots non traduits dans le texte, il est possible de se reporter au lexique en fin d'ouvrage.

Didouche-Mourad. J'ai parcouru la sélection des adresses de chambres à louer, toutes me semblaient acceptables, toutes jusqu'à ce que j'arrive à la dernière option : l'appartement de la mère de Kahina.

Fatima avait eu vent du problème, ce qui était en soi un problème. Les deux femmes sont en désaccord sur tous les choix de vie de Kahina, à commencer par son amitié avec Samar, son mariage avec moi et, plus récemment, sa participation à la grève des médecins résidents. Avec l'évolution du mouvement social, Kahina ne lui rendait presque plus visite. Fatima, employée quinquagénaire à la Caisse des retraites, estime que les revendications des médecins sont illégitimes et indécentes. Elle accuse les internes de ruiner ce qu'il reste de l'hôpital public, dernier vestige des acquis de la lutte populaire dans ce pays de malheur. Quand elles se parlent, c'est en français, et en se vouvoyant, comme si chacune était la porte-parole de sa génération.

On a dîné dans un resto syrien, puis je l'ai suivie dans une ruelle qui part de l'avenue Pasteur. Kahina avait fait une trouvaille, elle voulait me la montrer : « Lis ce qu'il y a d'écrit… *Laverie**, pas *Pressing**. » Elle m'avait dit, un peu avant, qu'elle avait trouvé une laverie automatique du côté de la fac centrale et j'avais rétorqué qu'elle devait confondre avec un « pressing », une teinturerie où l'on dépose ses vêtements d'hiver ou les grosses couvertures avant de revenir les chercher quelques jours plus tard ; rien à voir avec les laveries des films américains, où les personnages mettent eux-mêmes leurs vêtements de tous les jours dans une machine. Pourtant, il y en avait vraiment une, là, une laverie automatique.

« Y en a d'autres ou c'est la seule ?

– J'pense pas qu'y en ait d'autres. C'est la première fois que j'en vois une par ici », elle m'a répondu. Nous étions debout sur le trottoir d'en face, on observait deux clients penchés sur des machines à laver pour en sortir leur linge.

Sur le chemin du retour, à travers les rues sombres, on a gardé le silence. Kahina me tenait le bras, elle marchait collée contre moi, pesant de tout son poids, elle était crevée, ça se voyait à sa tête. Je me suis dit qu'on devait penser à la même chose : les gens autour de nous se débrouillent autrement, eux, ils ne s'exposent pas, subitement, à tous les risques, surtout quand ils sont mariés. En arrivant dans la rue Réda-Houhou, on a eu une petite hésitation avant de poser le pied sur l'ombre de l'ancienne église transformée en mosquée, qui rampait sur le bitume et le long de l'immeuble.

***

Nous sortions, donc. Il n'y avait rien à faire à l'appart, notre quête de chambre s'était soldée par un échec. Sa mère l'a appris, elle nous a appelés pour nous proposer de nous héberger si on ne trouvait pas d'autre solution, Kahina lui a répondu qu'on arriverait à se débrouiller. Ce n'était pas vrai. J'ai essayé de la calmer, puis, pour la faire rire, je lui ai redit ce proverbe qu'elle déteste : « *Elli eddah lebhar tjibou elmouja* », « Ce que la mer emporte est ramené par la vague ». Elle s'est renfrognée davantage.

Le reste du temps, on le passait avec notre coloc égyptienne dans la pièce commune. Elle commençait, à chaque fois, par se confondre en excuses, s'agitait nerveusement ; avec ses grandes lunettes et ses cheveux courts, elle faisait penser à une secrétaire d'entreprise publique des années 1960. Kahina, quant à elle, pointait du doigt les rideaux de la pièce – pour la millième fois – et soupirait sur l'inconstance de l'amitié :

« Dire que c'est moi qui les ai accrochés le jour où j'ai emménagé ! S'ils pouvaient parler, ils en témoigneraient. » Le visage de l'Égyptienne se crispait et les rideaux se laissaient soulever par le vent, comme pour confirmer ce que venait de dire ma femme.

Il faisait nuit noire. On était sortis avec mon sac de linge sale rapporté de Turquie. Sur place, à la laverie, il n'y avait qu'un seul client, on a vidé le sac dans une des machines, Kahina a mis de la lessive en poudre, des pièces, elle a appuyé sur le bouton *on*. Nous avons observé un peu le début du programme et puis nous nous sommes assis côte à côte. Le local était vraiment petit, ça ne ressemblait pas aux laveries américaines tout en longueur, avec leur éclairage cru et blafard.

On est restés là à regarder la mousse, elle recouvrait les couleurs des habits, puis se désagrégeait ; la machine n'arrêtait pas de tourner, à chaque tour une mousse plus àbondante se formait avant de se dissiper. Kahina m'a dit qu'elle avait rappelé sa mère. Elle lui a glissé qu'on serait peut-être obligés de venir chez elle quelques jours. Les chambres et les appartements que nous avions visités ne convenaient pas. Ce qu'elle craignait allait se produire : retour au domicile de maman après expulsion, avec son mari, un avenir professionnel incertain, un salaire gelé et une caboche risquant de se faire taper dessus en manif, par le premier flic venu.

Je l'ai accompagnée à la dernière manifestation devant la Grande Poste. Au moment de repartir par l'escalier qui descend derrière le bâtiment, les agents de police nous sont tombés dessus, ils ramassaient les manifestants dans plusieurs fourgons, et Kahina s'est accrochée à mon bras. Je me suis retrouvé en train d'insulter et de pousser le policier qui nous traînait :

« Lâche-moi… mais tu vas lâcher… nique… nique… nnnnn… lâche, espèce de salopard. »

L'empoignade a été musclée. Je me suis agrippé à l'énorme bras du policier pour atténuer tout éventuel coup à la tête, et finalement on a réussi à monter dans le même fourgon, happés par ceux qui se trouvaient déjà à l'intérieur ; on a été les derniers à entrer, la portière s'est refermée sur nous. L'espace d'un instant, j'ai eu l'impression d'être avalé par un tourbillon, comme quand tu es surpris par une vague qui t'entraîne vers le fond et se referme sur toi. Le silence a gagné le fourgon, puis des lumières de téléphone ont commencé à s'allumer.

La police arrêtait les manifestants et les larguait à l'extérieur de la ville. Nous nous sommes retrouvés à trente kilomètres de la Grande Poste, aux confins de la zone industrielle de Rouiba, il n'y avait pas que nous, bien sûr, mais nous étions dans de sales draps. Tout le monde balançait des insultes aux policiers qui s'éloignaient dans leurs fourgons. La voix cassée à force de leur crier des horreurs, Kahina s'est tournée vers moi :

« Eh ben, maintenant que la mer nous a emportés, va dire à la vague de nous ramener ! »

***

Au bout de cinq jours, il ne nous restait plus rien à laver. On s'est déshabillés, complètement à poil, Kahina et moi, comme deux gamins à la plage qui font la course pour entrer dans l'eau, j'ai regardé ses hanches toujours aussi fines et j'ai souri ; malgré un régime alimentaire déplorable fait de *gazouz* et de féculents, sa taille restait tendue merveilleusement, nos regards se sont croisés, je lui ai souri et je l'ai vue sourire sous ses longs cheveux noirs. On a fourré nos vêtements dans un sac et on en a enfilé des propres, notre chambre embaumait la lessive Tide. Sur place, peu de temps après que le soleil se fut couché, il n'y avait que le patron de la laverie. Il nous a souri et nous a demandé comment ça allait, on était devenus des enfants de la maison, *ouled eddar*, comme disent les commerçants. Cette nuit-là, nous avons été pris d'un fou rire dans le lit avant de nous endormir : toutes nos affaires étaient propres, alors nous avions lavé ce que nous portions – nouvelle tactique pour laver du linge à l'infini.

On était en train d'observer la mousse, quand Kahina a bondi de son siège et m'a fait :

« Mais elle est là, la vague ! »

Elle désignait la machine à laver. Elle avait, disait-elle, percé le secret des lave-linge : la mousse qui foisonne à l'intérieur est en réalité une vague provenant d'une mer très éloignée, qui se trouve à des milliers de kilomètres derrière les machines, pas la Méditerranée puisqu'elle venait de l'autre côté, non, il s'agissait d'une autre mer, la mer des machines à laver. Et la vague parcourait toute cette distance pour venir s'échouer là-dedans, contre le petit hublot rond ; d'elle, seule l'écume était visible.

Tous les soirs on attendait la vague.

« Et la vague nous ramène nos affaires », elle a ajouté avec un sourire.

Le lendemain, il ne restait absolument plus rien à laver, même les vêtements que nous avions sur nous étaient propres. On a demandé à l'Égyptienne son linge sale. Ça l'a surprise mais Kahina lui a expliqué que c'était pour aider un ami qui avait ouvert une laverie… une entourloupe. Après avoir longuement parlementé, on est sortis de l'appartement avec le sac de linge de l'Égyptienne. En chemin, on a ri en imaginant à quoi pouvait ressembler cet ami et, soudain, Kahina s'est arrêtée :

« On n'a qu'à ouvrir une *laverie**! Mais oui, personne y a jamais pensé. Je suis sûre que ça rapporte, c'est original. Y a pas mieux. »

Elle avait raison. Une grande ville, une capitale, avec une seule *laverie**! Il y avait bien des pressings, mais ce n'était pas très pratique ni très adapté à la lessive de tous les jours. Une fois arrivés, et après les politesses d'usage, j'ai commencé à charger la machine avec les vêtements de l'Égyptienne, du linge précieux, à dentelles, des petites choses délicates et chères. Pas de sous-vêtements.

Kahina s'est approchée du patron de l'établissement et a commencé à l'interroger sur son métier, comment il fallait s'y prendre pour ouvrir une *laverie** et tout ça… Elle l'a aussi rassuré d'un ton léger: bien sûr qu'on ne s'installerait pas dans unc ruc prochc, on ne lui ferait pas de concurrence. Il parlait et elle prenait des notes. Sur le chemin du retour, elle était surexcitée, nous avons même partagé un long baiser dans le hall obscur du 17, rue Réda-Houhou. Quand nous sommes rentrés dans la chambre, elle m'a dit que c'était ça, le projet de sa vie, elle voulait essayer un « truc nouveau »:

« Qu'ils aillent se faire foutre, avec leur presse, leur hosto et leur santé publique de merde. On va monter une *laverie** et on se fera du fric… J'ai besoin d'un truc nouveau.

– Par contre, il nous faut un nom.

– Un nom? C'est vrai, ça », elle tournait dans la chambre, autour de la table où s'amoncelaient quantité de vêtements propres.

« *Lemouadj*, Les Vagues. C'est pas mal… T'en dis quoi? je lui ai proposé.

– Non! Ça fait con. Faudrait garder “les vagues”, tu vois, mais en mode confidentiel.

– OK. Passe voir mes clopes sur la table devant toi. »

Ça m'est venu quand j'ai attrapé le paquet, une jolie pochette de tabac achetée à Istanbul, vert d'eau, avec la marque inscrite en gros caractères.

« Dis donc… je lui ai fait. Le Bosphore, ça claque, non ? *Laverie Le Bosphore** ? »

Cette histoire de recherche d'appartement nous était complètement sortie de la tête. Le dernier jour du préavis, le père de Samar est décédé chez lui, dans l'est du pays. C'est l'Égyptienne qui nous a donné l'info au réveil. Samar l'avait appris en pleine nuit et avait filé à l'aéroport, pendant que nous dormions. Autour du café du matin, on s'est concertés sur la pertinence de quitter les lieux, on est arrivés à la conclusion qu'il était préférable d'attendre le retour de Samar. J'ai décidé, avec Kahina, de laver le linge de Samar le jour même, et nous l'avons fait, il n'y avait pas grand-chose mais nous avons trouvé d'énormes culottes qui avaient dû coûter la peau des fesses – à cul énorme, culottes énormes. Après ça, ce fut la grande pénurie, il n'y avait plus aucun vêtement sale dans l'appartement. Tout y était passé. Nous n'avions plus aucune raison de sortir. Nous nous levions le matin, avec l'espoir que le deuil de la famille de Samar durerait un jour de plus, Kahina ne répondait pas aux messages de ses collègues de grève, ni à ceux de sa mère. Nous sommes retournés à la laverie sans linge et sans questions pour le patron, nous avions épuisé interrogations et besoin de conseils pour la création de la *Laverie Le Bosphore**, que nous n'ouvririons jamais.

On est sortis au coucher du soleil, dans l'espoir de trouver un prétexte quelconque pour y retourner. On a marché comme deux somnambules. Nous n'attendions plus que les vagues nous rapportent ce que la mer avait pris. Nous étions envoûtés par l'épaisseur de la mousse, son mouvement, sa disparition puis sa renaissance, ce bruit monotone et sourd que font les vieilles machines à laver ! Ça n'allait pas plus loin que ça. L'homme nous a salués d'un geste de la tête. Il ne nous a rien demandé. Il nous a laissés dans notre coin. On s'est assis sous l'éclairage diffus. Il y avait quatre clients qui attendaient leur linge. Kahina a posé la tête sur mon épaule et on a tourné les yeux dans la direction des petites fenêtres rondes. J'ai suivi le mouvement de la mousse blanche, puis une multitude de vagues est venue vers nous et elles ont rempli le local. Dehors, la nuit avançait calmement dans les rues désertes. Personne ne veille sur la nuit à Alger. Ici, la nuit est assez grande pour veiller sur elle-même, la nuit est adulte.

La lune noyée

C'est l'aube et le sommeil ne vient pas[1]. Je ne comprends pas où a disparu Maria, elle n'est pas venue une seule fois de la nuit pour me raconter ce qui se passe exactement. Je tiens bon, je continuerai à l'attendre mais la lumière s'éteint, j'ai la tête qui tourne, je perds connaissance. Je ne rêve jamais quand je dors, ni rêves ni cauchemars, je ne vois rien, je m'aperçois que je dormais quand les coups de pied que je donne dans mon lit me tirent du sommeil. Je me réveille, je suis en train de crier dans le noir, mais un cri sans voix – tout le contraire de papa –, rien ne sort de moi. Mon corps sursaute et ça s'arrête là, j'imagine mon visage tiré, déformé, la bouche ouverte en grand, les yeux terrifiés. Tout ça dans le noir, personne ne me voit, tout au plus dois-je troubler le tranquille déplacement des fantômes. Et ça s'arrête là. J'ai la tête qui recommence à tourner et je sombre de nouveau, comme une fleur de tournesol dont la tige se casse.

1. *Sa'at lefjer ou ma jani noum* – premières paroles d'un chant des supporters de l'Union sportive de la médina d'Alger (USMA).

***

Tout a commencé avec une vieille question pourrie, à l'époque j'étais à l'école, c'était avant que je connaisse Maria, et avant le voyage de papa à Ankara. Avant que les rêves aient fui mon sommeil :

« Elle fait quoi ta mère dans la vie ?

– Coiffeuse.

– Ton père ?

– Mort. »

Il y avait toujours un silence gênant à ce moment-là. La maîtresse regardait vers moi, désemparée, puis se reprenait et me présentait ses excuses, ses condoléances, elle tapotait avec bienveillance sur le bureau et invitait les enfants intrigués par ma réponse à se retourner ; dans le même temps, mes amis proches, ceux qui connaissaient ma famille, étouffaient leurs rires, ils avaient l'habitude de mes répliques.

Généralement, il ne fallait pas longtemps avant que la maîtresse ne lise mon dossier, à la suite de quoi elle me remettait une convocation à l'intention de mes responsables légaux. Et voilà que je me retrouvais assis dans le couloir de la direction : face à moi, les visages de papa et maman étaient livides et l'enseignante restait là, embarrassée. Après ces entrevues, l'atmosphère devenait orageuse à la maison mais ça ne durait pas longtemps, deux ou trois jours et les choses s'apaisaient. À l'école, en revanche, l'attitude à mon égard changeait ; d'orphelin, je devenais menteur.

Oui, toute ma vie est là. Je m'appelle Sami, j'ai vingt et un ans. Je vis avec maman, avocate, d'après mon dossier scolaire, et papa, chef de département à la Sonatrach, à ce qu'on dit. J'ai aussi une petite tortue, elle s'appelle Caroline, elle ne figure pas dans les dossiers et maman refuse de la reconnaître… et puis, je ne suis pas mythomane.

« T'es qu'un menteur. »

C'est ce que me disent généralement les filles quand elles apprennent quel âge j'ai vraiment. Je monte tous les jours dans le train à la gare de Dar el-Beïda en direction d'El-Harrach. Je suis inscrit au lycée d'El-Harrach. J'ai été exclu de celui de Dar el-Beïda parce que le directeur m'a pincé avec Imen, une jeune surveillante, dans son tout petit bureau. Scandale, licenciement et gros traumatisme pour Imen, mais passons. Entre Dar el-Beïda et El-Harrach il y a deux arrêts, où descendent les étudiants de la fac… C'est pour ça que je me lance des défis du genre : est-ce que t'es capable d'engager la discussion avec une étudiante dans le train ? Je vais souvent au-delà de la simple conversation et, quand il fait beau, surtout au printemps, j'arrive à les convaincre de sécher les cours pour sortir avec moi.

C'est ainsi que j'ai gâché ce que maman appelle mon « avenir ».

Je ne m'arrête jamais à la gare d'El-Harrach, je prolonge ma virée ferroviaire jusqu'à Alger et là, je marche.

***

Un jour où j'étais descendu à la gare d'Alger, je suis sorti du côté de la mer, et j'ai remarqué que l'enceinte qui entoure la Pêcherie, sur le trottoir en face, avait été enlevée, alors j'ai traversé et je suis allé vers l'eau. Les pêcheurs revenaient tout juste au port et se préparaient à manger, ils m'ont invité, je me suis joint à eux, ça ne se refuse pas. La couleur du ciel faisait peur, on aurait dit que des trombes d'eau allaient nous tomber dessus d'un instant à l'autre. Mais voilà, les pêcheurs m'ont montré comment faire griller les poissons, alors j'ai pris la relève et eux se sont mis à chanter « Ya 'ochaq ezzine » – « Vous qui aimez sa beauté » – d'Amar Ezzahi, j'ai sorti mon téléphone pour prendre une photo des poissons sur le feu et je suis tombé sur un message : Ezzahi était mort, le matin même, il allait être enterré après la prière du *Dohr*. On s'est précipités vers la route et on a essayé d'arrêter un taxi mais les vêtements dégueulasses des marins les faisaient tous fuir, du coup on y est allés à pied. On a marché jusqu'à la plage El-Kettani et de là on est montés vers la maison d'Ezzahi en face du parc Marengo. On était cinq marins plus moi, j'avais l'air tout beau tout propre comparé à eux et ça me gênait, j'ai proposé à l'un d'entre eux d'échanger nos vêtements, il portait un vieux bleu de Shanghai défraîchi, qui puait le poisson, mais il a ignoré ma proposition.

Marcher dans le cortège a été épuisant. Ils sont allés l'enterrer dans un coin tout en haut du cimetière d'El-Kettar, les hommes retenaient leurs larmes, moi j'ai trouvé un coin en hauteur pour prendre des photos, ensuite je me suis écarté de l'énorme attroupement et me suis retrouvé devant un petit groupe de femmes. C'est pas fréquent ici que les femmes marchent aux enterrements. L'une d'elles s'est approchée de moi, elle était belle – vingt-neuf ans, je dirais –, elle m'a demandé ce qui se passait devant la tombe, elle a dit qu'elle était journaliste. Je lui ai tout raconté, comment une femme avait jailli au milieu du cortège pour affirmer, devant tous ces hommes, que c'était elle qui avait inspiré au chanteur « Rouhi thasbek ya 'adra[1] », elle s'était mise à pleurer et à se frapper la poitrine, c'était une vieille dame, à peu près de l'âge d'Ezzahi, mais les barbus et les frérots l'avaient retenue et exhortée à la décence, au nom d'Allah, ils l'avaient éloignée en douceur

1. Titre qu'on pourrait traduire par : « Vierge ! mon âme condamne ce que tu me fais », chanson du répertoire de la musique andalouse malouf, reprise par plusieurs chanteurs de chaabi, dont Amar Ezzahi.

de la tombe encore ouverte. La journaliste a semblé étonnée et m'a interrogé à propos de la chanson, je lui ai expliqué de quoi elle parle et tout le mythe qui a été brodé autour, j'ai pris mon téléphone pour la lui faire écouter mais elle m'a arrêté d'un geste de la main, on était à un enterrement après tout. C'est là que je lui ai montré les photos que j'avais prises, elle m'a demandé où était la femme dont je lui parlais, je lui ai répondu qu'elle s'était jetée dans la tombe à un moment donné, c'est pour ça qu'elle n'apparaissait pas à l'image, mais on l'avait remontée par la suite. Avec un grand sourire, la journaliste m'a prié de lui envoyer les photos par e-mail. Là, je me suis lancé, je lui ai demandé son numéro, pour pouvoir lui donner rendez-vous et qu'on sorte ensemble, elle a ri, elle m'a pris mon téléphone des mains pour noter son adresse électronique. Je lui ai expliqué que j'étais photographe professionnel, et que je ne pouvais pas lui remettre de photos gratuitement. Je gagne ma vie avec ça et j'espère bien me faire un nom dans le domaine. Elle m'a lancé un regard bizarre, entre sourire et tristesse, un quelque chose que je n'ai pas pu déchiffrer sur le coup, regard étrange et indéterminé, après lequel on peut s'attendre à recevoir aussi bien une baffe qu'un baiser. Et puis elle est partie.

J'ai perdu les marins dans la foule immense, j'ai attendu que tout le monde soit sorti du cimetière, puis j'ai suivi le flot. Au moment où on repartait à travers les petites ruelles, après avoir laissé Ezzahi seul, une pluie fine s'est mise à tomber, il a fait tout à coup encore plus sombre, on aurait dit que quelqu'un avait emprunté le soleil pour une autre galaxie – ça arrive souvent. Nous avons tous ressenti une fraternité orpheline en nous éloignant du cimetière et en approchant des quartiers bas de la ville. Il était 5 heures de l'après-midi et je n'avais vendu mes photos à aucun site d'information ni à aucun organe de presse. On est arrivés à la Rampe Vallée, il y avait un attroupement considérable entre la maison d'Ezzahi, le mausolée de Sidi Abderrahmane et le parc. De là où on était, la mer se montrait à nous, couleur d'encre, et il faisait froid pour de vrai, le vent contre mon visage me tirait des larmes, et quand j'ai prêté attention aux centaines de gens debout autour de moi, j'ai vu qu'ils pleuraient tous sans bruit – des yeux rouges déversaient leurs larmes sur des visages tristes.

J'ai levé la tête vers l'horizon, la mer et le ciel étaient de la même couleur.

***

Les jours qui ont suivi les funérailles, je suis retourné à la Pêcherie mais je n'ai pas recroisé les marins, on m'a dit qu'ils étaient partis et pas revenus. Quand j'ai commencé à prier pour le repos de leur âme, *Allah yerhamhoum*, le gardien du port m'a arrêté tout de suite, il m'a expliqué qu'ils étaient partis de la Pêcherie mais pas partis en mer. « Non, mon fils, la mer les a pas avalés », m'a-t-il répété à plusieurs reprises pour me rassurer, mais leur chalutier n'était pas là. D'autres marins amarraient leur bateau à quai.

J'ai décidé d'aller au Palais des Raïs, qui n'est pas loin de là, pour voir s'il n'y avait pas une activité ou un concert quelconques, c'est un endroit que je fréquente beaucoup, surtout pour les concerts. On me propose souvent d'y chanter mais je n'arrive pas toujours à me libérer, parfois le concert tombe à l'heure des cours particuliers que je prends chez notre voisine Soumia, on révise les maths ensemble et je lui apprends la guitare. On peut dire que Soumia est mon seul public, les fois où je rate un concert au Palais des Raïs.

Quand je suis arrivé au bastion (le palais s'appelle officiellement le « Bastion 23 »), il était désert, il n'y avait personne d'autre que les gardiens. Là aussi le mur d'enceinte avait disparu (il semble que la wilaya d'Alger veuille se débarrasser de tous ses remparts), l'édifice donnait directement sur la rue, exactement comme à la Pêcherie. J'ai trouvé ça vraiment ridicule, comment peut-on laisser un bastion sans murailles ni fortifications ? C'est ce que j'ai essayé d'expliquer aux gardiens mais ils étaient vraiment bornés et, quand j'ai haussé le ton pour mieux me faire entendre, ils ont voulu me virer, par conséquent je me la suis fermée et je suis monté vers la terrasse. Je me suis arrêté juste avant de passer la porte.

« Si jamais ils viennent et qu'ils vous attaquent, vous allez faire quoi ? Hein ? Vous n'avez ni mur ni rien du tout. Même le canon, là, il marche pas… », je leur ai crié en désignant le canon massif qui pointe son œil unique vers la mer.

Il faut que vous compreniez une chose : contrairement à ce que les documents officiels affirment, ce bastion n'a jamais appartenu aux corsaires, il est impossible qu'un corsaire s'installe ainsi face à la mer, à portée de tir du premier boulet de canon. À chaque fois que je donne un concert ici, j'imagine qu'un énorme projectile en flammes va venir s'écraser sur le public qui danse devant la scène. Ça n'arrive jamais.

Sur la terrasse, je suis tombé sur des filles que je connaissais, elles se prenaient en photo devant le bleu de la mer. Je suis allé vers elles pour leur dire bonjour, la mer était déchaînée, les vagues déferlaient. Je leur ai proposé de prendre une photo de groupe. Elles n'ont pas tenu à ce que je figure sur la photo, peut-être qu'elles n'avaient pas assisté à mes concerts ou que c'était la première fois qu'elles venaient au bastion, en tout cas, j'ai pris le téléphone, je leur ai donné des consignes pour que la photo soit réussie, puis j'ai mis le téléphone dans ma poche pour leur donner des instructions plus précises : laquelle devait s'asseoir, laquelle rester debout, laquelle sourire ou regarder vers la mer.

Au bout de cinq minutes, la propriétaire du téléphone a hurlé pour que je le lui rende, elle avait peur que je le vole. Elle ne voulait plus de photos : « Fini ! Merci, au revoir, on n'est pas venues faire un casting. » Je lui ai expliqué que j'étais photographe professionnel, je lui ai rendu son téléphone et j'ai sorti le mien mais elles ont refusé que je l'utilise. La brunette – celle qui avait le plus beau cul dans le groupe – m'a menacé de faire appel aux agents de sécurité, alors je leur ai présenté mes excuses et j'ai fait demi-tour. Déjà que j'étais en désaccord stratégique avec les gardiens sur la façon de tenir le fort, il était hors de question qu'ils mettent le nez dans ma pratique photographique.

Quand même, avant de partir j'ai demandé à la brunette callipyge si elles étaient étudiantes à Bab Ezzouar, j'ai glissé que j'étais en biologie, elle a répondu que non, elles n'étaient pas d'Alger mais d'Oran. J'ai voulu leur raconter que je connaissais des gens à Oran, mais elles se sont tournées vers la mer, un grand bateau sortait de l'Amirauté pour se lancer à la recherche des marins disparus depuis des semaines. Certains disent qu'ils ont été engloutis par les eaux, d'autres prétendent qu'ils ont tenté leur chance et essayé de rejoindre clandestinement l'Espagne – *harga*. Beaucoup de choses ont été dites mais moi je sais pourquoi ils ne sont pas revenus.

Je n'avais pas le temps d'ouvrir l'enquête. Je devais rejoindre Soumia. Soumia est à la fac à Bab Ezzouar, en maths. Je l'ai accompagnée à plusieurs reprises à ses cours mais sans jamais entrer en classe. Cette fois encore, je suis resté dehors et j'ai visité une petite expo photo organisée par les étudiants ; je leur ai demandé si je pouvais y participer en tant que photographe professionnel mais ils ont refusé très poliment quand ils ont compris que j'étudiais dans une université française, l'exposition était réservée aux étudiants de Bab Ezzouar. Soumia est très claire de peau et a des cheveux couleur café, qui brillent au soleil. On pourrait penser qu'elle n'a pas de formes, pas de fesses comparables à celles de la fille du bastion, pourtant Soumia est toute en courbes délicates, difficile de les déceler sous les vêtements amples qu'elle porte inlassablement. Moi je ne les ai pas vues, ces courbes et ces rondeurs, je veux dire, mais je sais qu'elles y sont.

En fait, Soumia ne me parle plus. Elle a coupé les ponts, après l'histoire de la voiture, l'hiver dernier. Avant ça, elle refusait de m'accompagner quand j'avais une exposition ou un concert, par exemple elle ne comprenait pas que je veuille exposer mes photos à Bab Ezzouar avec des étudiants, d'ailleurs elle n'en avait rien à faire de leurs photos. Dans sa conception, une œuvre d'art, c'était comme un plat compliqué ou un joli meuble : des extras, non essentiels à la vraie vie dont les fondements restaient la science et le travail. Mais bon ! Revenons à notre propos… J'avais obtenu mon permis et je me déplaçais en voiture. Ce jour-là, je suis passé prendre Soumia devant l'université et nous avons décidé d'aller rendre visite à mes amis pêcheurs. Quand nous sommes arrivés à Alger centre, il pleuvait énormément, nous avons longé le mur d'enceinte du port en voiture et, même si je sais qu'il y a un grand parking avant la Pêcherie, je l'ai dépassé et me suis engagé par le portail qui se trouve juste après, des policiers fouillaient les voitures, mais moi, je ne me suis pas arrêté. Nous nous sommes engagés sur une grande étendue plane battue par la pluie, Soumia me criait de m'arrêter, mais moi, je fixais l'énorme porte ouverte à l'autre bout de la place.

Je n'y suis pas arrivé, nous nous sommes fait arrêter. Il s'agissait de l'accès au bateau pour Marseille. Soumia pleurait et répétait : « T'allais nous balancer dans la flotte. » J'ai essayé de la calmer en lui expliquant qu'une voiture ça ne marchait pas sur l'eau. La police nous a retenus une heure et nous a relâchés parce que j'ai appelé une connaissance qui a accepté d'intervenir en échange de la voiture. Soumia soutient, quant à elle, que c'est son papa qui a fait jouer ses relations pour nous libérer, elle n'arrête pas de le répéter à la fac.

***

Soumia était une fille sage comparée à Maria que j'ai de nouveau rencontrée dans le tramway. Je suis allé vers elle et lui ai fait « *Coucou** » en français (je sais que c'est bête comme manière de dire bonjour), elle s'est tournée et m'a regardé pendant quelques secondes avant de me saluer à son tour, « *Ahlan* ». Maria a des yeux noirs pour de vrai, pas bruns, pas marron, ni d'aucune autre couleur foncée. Noirs d'origine. Elle a une peau dorée comme les blés. J'ai essayé d'engager la conversation :

« Je me déplace en tram, tu vois… je me suis fait retirer le permis. »

Elle m'a regardé, l'air étonné, alors j'ai poursuivi :

« Et je prendrais bien ton numéro. Comme ça, quand je récupérerai mon permis, je viendrai te chercher en voiture, t'auras plus à prendre les transports non plus. »

Elle a éclaté de rire et j'ai remarqué pour la première fois ses seins. Vraiment une belle poitrine, plantureuse et ferme en même temps – ce qui est rarement le cas. Elle m'a dit que, déjà, je ne lui avais pas envoyé les photos ni l'e-mail. J'ai répondu que j'attendais l'occasion de la revoir, et elle m'a donné son numéro.

Nous avons commencé à sortir ensemble. Elle habitait Hussein Dey, et je l'attendais en bas de chez elle ; parfois aussi, j'allais l'attendre en haut, le temps qu'elle s'habille. Chaque nuit, on devait trouver un endroit différent, et il fallait toujours que je justifie mon absence. Maria serait montée sans problème dans le bateau pour Marseille – de toute façon je n'avais nul besoin de devenir corsaire quand je me retrouvais auprès d'elle, surtout après le concert de Cheikh Sidi Bémol pour le lancement d'*Izlan Ibahriyen*, son album de chants de marins imazighen. En chemin, elle m'a demandé pour se moquer si je comptais prendre des photos du concert, mais elle ignorait que je lui préparais une surprise de taille. Elle a commencé à me dire qu'elle connaissait personnellement Cheikh Sidi Bémol, qu'elle allait l'interviewer après le concert et que je pouvais l'accompagner, du coup j'ai craqué et je lui ai craché le morceau.

En fait, j'étais invité à chanter avec Sidi Bémol. Maria est entrée avec moi dans les loges et a été très étonnée de m'entendre parler kabyle – c'est tout ce qu'elle a trouvé de surprenant ! Je lui ai expliqué que je parlais plein de langues. Elle m'a embrassé derrière la porte de la petite pièce, on est restés collés pendant de longues minutes, nos souffles nous brûlaient le visage, j'ai serré sa poitrine et je tremblais un peu, je ne lui avais pas encore avoué quel âge j'avais, il m'a semblé qu'elle évitait le sujet. Ensuite, je suis monté sur scène. Ç'a été une nuit magique, les gens nous ont applaudis à tout rompre, ils nous ont acclamés. Nous, derrière le cheikh, on tirait sur des cordages et des voiles, on poussait des bateaux au milieu des flots, on les sortait des tempêtes, on perdait des hommes, on pêchait des baleines, à la fin j'ai remercié le public et j'ai eu cette phrase qui a été reprise par toute la presse : « Sidi Bémol nous a appris que les marins valent mieux que les corsaires. »

Sidi Bémol a insisté, après le concert, pour qu'on se joigne à lui et au groupe pour un petit dîner et pour faire la fête, mais nous étions déjà assez ivres comme ça, j'ai laissé Maria conduire pour une fois, et on a filé chez elle afin de reprendre ce qu'on avait commencé dans les coulisses. Je me souviens très bien de cette nuit-là. Un appartement à la vanille. Sa colocataire avait suivi une recette foireuse de *mouskoutchou* et avait forcé sur la vanille ; la chaleur aidant, c'est tout l'appartement qui empestait. L'arme du crime, le gâteau, reposait sur la table de la cuisine dans une jolie assiette, il était magnifique, presque intact, il ne lui manquait qu'une petite part, juste ce qu'il faut pour la photo ; sans doute Lyna, la colocataire, s'était-elle servie pour goûter. Je n'ai remarqué tout cela que le matin, bien sûr, puisqu'en entrant dans l'appartement, et après avoir monté dix étages, je n'y voyais plus très clair, il pleuvait à verse et j'étais gelé jusqu'aux os. L'appartement était sombre et chaud. Nous nous sommes débarrassés de nos chaussures dès la porte d'entrée et Maria m'a conduit par la main jusqu'à sa chambre au fond du couloir. À la lueur des flammes du poêle, le couloir obscur semblait ne pas avoir de fin. Je ne sais pas comment je me suis retrouvé à me jeter sur le grand matelas douillet posé à même le sol, j'ai entendu le bruit de la porte qui se fermait. On est tombés dans un trou chaud et obscur, et l'odeur de vanille a disparu. Maria est restée silencieuse, elle se déplaçait avec légèreté, sa poitrine toujours là, toujours aussi ferme, tout n'était que présence et harmonie… Pourtant je ne me souviens plus de rien aujourd'hui, si ce n'est des quelques secondes où j'ai ouvert les yeux en pleine nuit : l'odeur de vanille était revenue et le fantôme de Maria s'agitait dans la chambre, elle se préparait pour aller au travail, ce devait être juste avant l'aube puisque j'ai entendu un bel appel à la prière et j'ai sombré dans le sommeil de nouveau. Il faisait jour quand je me suis réveillé avec une migraine… Il n'y avait plus personne dans l'appartement, j'ai perçu le bruit de la pluie dehors, je me suis dirigé vers la cuisine où le *mouskoutchou* m'attendait sur la table, j'ai essayé de préparer un café et je n'y suis pas arrivé, ensuite j'ai voulu jeter un œil à ce qu'on disait du concert dans la presse ou sur Facebook mais il n'y avait rien à mon propos, mon téléphone a rendu l'âme, je n'ai pas trouvé de chargeur. L'odeur de vanille a persisté un hiver entier, elles n'ont pas ouvert les fenêtres ni éteint le poêle, et nous avons pris l'habitude d'écouter l'appel du muezzin toutes les nuits avant l'aube. Maria prétend que je n'ai rien fait, la première nuit : je me serais contenté de lui mordiller les tétons avant de sombrer dans le sommeil au moment même où ils commençaient à se dresser… Quelle blagueuse !

Quelques jours après le concert, il s'est produit une chose qui a bouleversé le cours de notre vie. La lumière avait déserté le ciel, il pleuvait sans cesse. Papa a arrêté de travailler à la Sonatrach – retraite anticipée. Il a pris la décision de lancer sa propre boîte en s'associant avec deux amis pour créer une société d'installation et de démontage d'antennes pour entreprises de télécommunications. La société a commencé à recevoir des commandes et à remporter des marchés. Au bout de quelques mois, mon père et ses collègues ont dû se rendre à Ankara pour acheter des antennes dernier cri, auprès d'une entreprise suédoise. Là-bas, sur l'autoroute reliant Istanbul à Ankara, une six-voies d'après ce que j'ai vu, leur voiture a percuté une meute de loups sortie de la forêt voisine. Il neigeait, papa s'est vidé de son sang et il est mort. Il a été le seul à y laisser la vie, ses amis s'en sont tirés avec des contusions et des fractures, mais ils s'en sont tirés. Ils l'ont ramené dans un cercueil en bois et nous ont demandé de ne pas l'ouvrir. Il valait mieux qu'on préserve l'image qu'on avait de lui.

Nous l'avons enterré au cimetière de Garidi à Kouba, il n'y a pas eu grand monde. Quand on y est retournés pour la pose de la stèle funéraire, le gardien était en train de prier devant des plaques de marbre carrées sur lesquelles était inscrit le passage de la sourate de « L'Aube » :

يَاأيّتها النّفس المطمئنّة
ارجعي إلى ربّك راضية مرضيّة
فادخلي في عبادي
وادخلي جنّتي[1]

Quand il a fini de prier, maman lui a demandé si tout était prêt, il a répondu que oui. Je me suis opposé à ce qu'ils mettent cette stèle-là, j'ai proposé une autre inscription :

سلام هي حتى مطلع الفجر[2]

Il n'a rien compris à ma proposition, il restait là à nous regarder bêtement. Je lui ai expliqué que c'était tout simplement un autre verset de la sourate de « L'Aube » mais maman m'a contredit à son tour, elle a même ajouté que cette phrase n'avait rien à voir avec le défunt, le gardien lui a donné raison, et après ils ont fait comme si je n'existais pas. Je n'ai rien voulu lâcher, je leur ai dit que l'inscription qu'ils avaient choisie

1. Extrait du Coran qui figure très souvent sur les pierres tombales : « Ô toi !… / Âme apaisée !… / Retourne vers ton Seigneur ; satisfaite et agréée ; / entre donc avec mes serviteurs ; / entre dans mon paradis ! » (Toutes les citations du Coran en français sont empruntées à la traduction de Denise Masson.)

2. « Elle est Paix et Salut / jusqu'au lever de l'aurore » Verset du Coran extrait en réalité de la sourate XCVII, « Le Décret ».

figurait sur toutes les tombes musulmanes de par le monde. Pourquoi écarter tout le reste du Coran et ne garder que ce passage ? Ils ont essayé de me calmer mais c'était trop tard. Je suis sorti du cimetière en hurlant et en maudissant le gardien. Je n'ai pas assisté à la construction de la tombe.

***

Quelque temps après, j'ai accompagné Maria à une soirée chez des amis à elle, à Sidi Fredj sur le petit port. J'étais devenu célèbre grâce à mes photos et mes concerts, pourtant personne n'est venu me parler. Ils se sont tous comportés avec moi comme si j'étais plus vieux. Il faisait doux et tout le monde s'est séparé sur la plage de sable, derrière le port. La lune était pleine et ronde, on aurait dit une tête de punaise épinglée dans le papier de la nuit. J'ai scruté l'astre si longtemps que des larmes ont fini par me troubler la vue. Maria est venue, elle s'est immobilisée à côté de moi, j'ai voulu mettre mon bras sur son épaule, elle m'a laissé faire et m'a regardé comme elle l'avait fait la première fois à l'enterrement d'Ezzahi, et comme elle le fait à chaque fois que je m'allonge auprès d'elle et que nous sommes nus, la même peur, la même beauté, on dirait que son visage tout entier se plisse derrière ses yeux noirs et ses mèches de cheveux tout aussi noirs. Et puis il y eut le silence, comme si quelque chose était sur le point de se dire. Je ne sais pas ce qui s'est passé exactement ensuite.

Je ne me rappelle plus ce qui est arrivé après cette soirée-là. J'aimerais tellement savoir, mais il y a une couche de noir et d'obscurité duveteuse qui couvre cette nuit et ce qui a suivi. Maman affirme que cette nuit n'a jamais existé. Pourtant, elle dit aussi que papa est revenu, ce mois-là justement, et lors d'une nuit de pleine lune. Il est revenu, parlant peu, méconnaissable. Est-il vraiment possible qu'il y ait plusieurs nuits de pleine lune dans un même mois ? Lui aussi avait son mot à dire là-dessus, et il s'est mis à parler de ce qui s'était passé et de ce qui ne s'était pas passé. Il a raconté la meute des loups sortis de la neige, l'impact avec la voiture. Il a refusé de revoir ses amis.

Il n'y a rien ici à part le froid et l'obscurité. L'eau, partout. Je ne m'étais jamais imaginé que j'aurais peur de la mer à ce point. Il y a peu de place et beaucoup de gens, plus de gens que ne peut en supporter ce bateau. Tout le monde a la tête qui tourne, vomit. Certains ont vomi à l'intérieur du bateau. L'odeur est infecte. Certains sont avec leurs enfants. Des bébés, plutôt que des enfants. Ils ne marchent pas, ne parlent pas, on les a entendus pleurer au début mais leurs voix se sont perdues quand on est entrés dans la nuit. La nuit ici est infinie. Le brouillard aussi. On pénètre dans le brouillard pour sortir dans la nuit avant de retourner dans le brouillard, et ainsi de suite. Nous n'avons pas vu la lumière depuis un long moment. Le bateau est loin de la terre ferme, on ne peut pas entendre l'appel à la prière d'ici, j'ai l'impression de devoir traverser toute la nuit sans savoir quelle direction prendre. Je me rappelle ces soirées avec Maria, j'entendais le muezzin et je savais que la traversée de la nuit touchait à sa fin, alors je m'octroyais quelques heures de sommeil supplémentaires, la voix du muezzin me paraissait lointaine à ce moment-là mais je savais que j'avais atteint le matin.

Je ne sens plus mes membres. C'est comme si quelqu'un me coupait les muscles avec des ciseaux. Je suis recroquevillé au fond du bateau et j'ai la nausée, je n'arrive pas à me vider. Un homme nous distribue des pilules blanches. Je lui ai demandé s'il avait de l'eau, j'ai soif et je veux avaler cette pilule blanche. Il ne m'a pas répondu. Certains ont bu de l'eau de mer. Je suis seul, même si je suis entouré de dizaines de corps. Je ne suis pas sûr que la jeune femme que j'ai vue s'envelopper les cheveux dans un foulard noir soit Maria. Je suis monté à l'arrière du bateau avec un groupe de gars et de filles. L'avant a l'air très loin de là où je me trouve. Le bateau tangue, je sens qu'il peut se retourner à n'importe quel moment.

Pour le coup, je me dis qu'il a dû se passer quelque chose sur les lieux de l'accident, sur l'autoroute en Turquie. Je n'arrive pas à me concentrer. Peut-être à cause des pilules blanches. Je ne sais pas. Je m'assoupis et, quand je me réveille, c'est encore pire. Mon visage est salé. J'ignore si c'est le sel de la mer ou parce que je pleure dans mon sommeil. Tout le monde dort les yeux ouverts, fixant la lune qui n'a pas bougé depuis que le bateau vogue sur les flots et nous avec, à son bord. Elle semble très proche. Pleine. Sans défaut. J'essaie de me lever pour changer de position mais je n'y arrive pas, les corps autour de moi me compriment, ils sont plus lourds. Je lève la main pour toucher la lune. Je veux la faire tomber à la mer, qu'elle se noie. Pour que les marins retrouvent leur pêcherie et qu'ils arrêtent de poursuivre le reflet de la lune sur l'eau, pour que meure le loup blessé qui est revenu déguisé en mon père et que Maria se réveille de son regard triste, qu'elle s'avance vers moi, pour que la mer et les corps humains cessent d'être habités par le va-et-vient des marées, pour que notre voyage s'arrête et qu'avec lui tout s'arrête.

Les trains partent avant le tremblement de terre

L'année où je suis entré à l'université, je prenais tous les jours le train d'Alger de 7 h 30, à la gare de Réghaïa. Je descendais les marches et me retrouvais parmi des dizaines de passagers sur le quai mouillé. La gare est à mi-chemin entre la maison et le lycée dans lequel j'avais fini ma scolarité quelques mois auparavant. Chaque fois que je bifurquais vers la gare, j'avais l'impression d'être emporté par un courant inconnu qui m'éloignait de plus en plus des terrains de jeu d'avant. Un jour, cette impression s'est trouvée confirmée.

Tous les matins, la respiration des passagers formait un nuage de buée au-dessus de leur tête et, soudain, un sifflement de train transperçait la tranquillité et l'humidité du quai. Un tiiit, et tout le monde tendait le cou vers l'est, cinq secondes… dix… rien. Les têtes se tournaient alors dans l'autre direction et on voyait approcher le train qui vient d'Alger et va à Thénia. Tous les jours, les voyageurs étaient trompés par ce même bruit.

Quelques minutes plus tard arrivait, de l'est, le train pour Alger. Comme une vague bleue, dans laquelle s'engouffraient tous ceux qui attendaient sur le quai. J'étais toujours le dernier à monter et je retrouvais souvent d'anciens amis de lycée qui se rendaient à leur université respective ; certains comme moi, à celle de Bab Ezzouar. La gare de Bab Ezzouar est à un quart d'heure de train environ de Réghaïa, elle se trouve juste derrière le mur du vaste site universitaire, du côté est. Ces années-là, en hiver, les quelques dizaines de mètres qu'on parcourait de la gare à l'enceinte (et jusqu'à l'intérieur même de l'université) étaient une succession de flaques, de mares boueuses.

À l'époque je sortais avec Sarah, on était d'anciens camarades de lycée et on se retrouvait deux fois par semaine. Après le bac, elle avait choisi l'École supérieure vétérinaire d'Oued Smar, à une demi-heure de ma propre fac, je ne descendais donc jamais à Bab Ezzouar comme j'aurais dû, je continuais jusqu'au

المحطة التالية واد السمار
Prochain arrêt Oued Smar

comme le répétait, dans le train, une voix féminine métallique.

Sarah était une fille très calme, elle aurait aimé faire des études de médecine mais sa moyenne n'était pas suffisante, alors elle s'était rabattue sur l'école vétérinaire. Elle jouait du piano aussi, même si elle avait arrêté les cours depuis des années. Elle avait des cheveux blonds et une petite bouche, un corps mince et de longues jambes arquées parce qu'elle avait fait beaucoup de natation, de la brasse papillon, ce qui avait également donné à son cul une forme bizarre et belle à la fois. Bien sûr, elle avait une mère ennuyeuse, chiante même, soupçonneuse et coincée.

On se retrouvait avant ou après les cours. J'aurais préféré que ce soit après, mais Sarah ne pouvait pas rentrer tard chez elle, le soir. Avant les cours, ça voulait dire aux aurores. Ces matins-là, en plein hiver, j'avais l'impression que la vague bleue me jetait sur une plage grise et désolée. La gare d'Oued Smar est rouillée, incolore, elle tombe en ruine. Je descendais à pas prudents et le train reprenait son trajet.

Dehors, de vieux taxis croulants attendaient entre l'École supérieure d'informatique et une enfilade brouillonne de boutiques et de cafés. Le taxi traversait en partie Oued Smar, une longue rue avec des commerces pas encore ouverts et des villas inachevées de plusieurs étages. Sur l'un des côtés s'étendaient des terrains vagues couverts d'herbes folles derrière lesquels s'élevait une colline verte, barrant l'horizon, et qui avait été dans un passé encore proche la plus grande décharge de la ville.

Derrière la vitre du taxi, je regardais sommeiller cette colline à des centaines de mètres, de l'autre côté de la voie ferrée ; on aurait dit Snorlax, ce Pokémon énorme, gros dormeur et gros ronfleur, que personne n'appelle pour le combat.

Le taxi me laissait avant le quartier de Belfort, devant l'annexe de l'école vétérinaire. Il y avait à cet endroit un petit arrêt de bus, à quelques mètres de l'entrée de l'école. Un arrêt abandonné, auquel faisait face, sur le trottoir opposé, le mur long et haut d'une caserne. J'essuyais le siège métallique avec un mouchoir en papier et m'asseyais en appréhendant la morsure du froid contre mon cul. Je me frottais sur le siège à la recherche d'un peu de chaleur et regardais ma montre : le temps lui-même avait gelé.

De mon banc, je regardais le soldat en faction en haut de son mur de caserne, les yeux dans le vague, la main collée à son arme froide, recroquevillé à l'intérieur de son uniforme vert – un soldat qui s'acquitte de son service militaire, qui ne sait pas ce qu'il attend ni sur quoi il veille, et dont le tour de garde n'en finit pas, repoussant le moment où il pourra rentrer au chaud et se reposer.

Le soldat attendait, et moi, tous ces matins-là, j'agrégeais mon attente à la sienne. J'allumais une cigarette. À l'époque, j'apprenais encore à fumer, disons plutôt que la cigarette m'aidait à tromper mon angoisse, ce qui était toujours mieux que de me précipiter, à la première émotion, vers les toilettes les plus proches. Je faisais tomber la cendre de ma cigarette et jetais un œil autour de moi. C'était un réflexe tenace. Je m'imaginais que maman pouvait me surprendre à tout instant. Je culpabilisais.

Maman ! L'employée de banque quinquagénaire qui, ces matins-là, se préparait à sortir pour aller au travail. Maman, et son sommeil en retard, ses maladies typiques du secteur public, qu'elle partageait avec des milliers d'employés, ses chaussures en cuir, foncées et robustes, son manteau plus tout à fait neuf, ses bijoux cachés chez sa mère, sa phobie des robinets de gaz et d'eau, et son obsession d'aérer les pièces avant de sortir, sa radio qu'elle oubliait d'éteindre dans sa chambre. Maman, qui continuait à me donner mon argent de poche.

Deuxième cigarette. Le nœud de culpabilité se serre davantage dans mon ventre.

Sarah n'arrivait jamais à l'heure, sa mère, qui la suivait et lui tournoyait autour comme un hélicoptère, l'accompagnait avec un retard qui ne dépassait jamais une demi-heure. Sarah entrait dans l'école, pour demander à ses camarades de couvrir son absence pendant que je restais assis là, à me demander pourquoi j'étais condamné à une relation dont les lieux et les heures de rendez-vous étaient si insolites. Il arrivait même qu'elle entre dans son école et n'en ressorte pas, elle m'envoyait un SMS pour m'annoncer qu'elle ne pourrait pas s'éclipser. Le rendez-vous tombait à l'eau et la journée mourait avant d'avoir commencé. Ça se passait souvent comme ça, je devais quitter mon arrêt de bus, je me levais en tournant la tête dans tous les sens, sans savoir quoi faire du temps restant.

Je me demandais ce que deviendrait le potentiel bonheur de cette journée.

Voilà ce qui m'a poussé, cet après-midi-là, à me lever de mon banc et à partir pour de bon. Les étudiants sortaient, ils s'attendaient devant le portail, puis se séparaient, s'éloignaient vers les cars universitaires. Ce jeudi-là, j'ai eu l'impression d'y voir clair pour la première fois. Tout le monde était sorti et elle, elle traînait encore pour s'assurer que sa mère ne viendrait pas. Je ne sais pas à quel moment j'ai ressenti ça : soudain un énorme poids est tombé, comme un soc de charrue, sur mes épaules, j'ai pensé que toute cette attente et ces rendez-vous avortés ne faisaient qu'aggraver les choses. C'était un jeudi grisâtre, je me suis dit que marcher me ferait du bien, j'irais d'abord jusqu'au grand carrefour et, au lieu de me diriger vers la gare, je prendrais à gauche et continuerais à pied le long de la rue interminable et déserte de la résidence universitaire de jeunes filles, j'en avais bien pour un quart d'heure, puis, passé la cité El-Djorf, je longerais l'enceinte de ma propre fac et déboucherais sur la grande artère encore fermée par le chantier du tramway.

J'ai de nouveau regardé ma montre, j'ai éteint ma cigarette. J'ai tâté les clés de la maison dans ma poche et traversé la rue en direction de l'enceinte au soldat, j'ai pris à gauche, je repartais par où j'étais venu. Il était un peu plus de 17 h 25. Il faisait très froid et le vent soufflait fort.

C'était un long trajet, j'ai essayé d'arrêter un taxi, sans succès… j'ai essayé un deuxième coup… *oualou.* Je levais le doigt, ça ne marchait pas. J'ai continué à faire signe aux chauffeurs, les sourcils levés et avec un grand sourire, tout en me répétant en moi-même que c'étaient des fils de putes.

J'étais un homme de train, les taxis ce n'était pas mon truc. Une fois j'en avais pris un avec Sarah, c'était le jour où nous étions rentrés tard du Palais des expositions. On avait marché jusqu'à la station de transport universitaire de Bouraoui, de là on avait essayé de rejoindre la gare. On avait dû marcher à peu près autant que moi ce jeudi-là, et on avait arrêté un taxi. J'étais monté à côté du chauffeur, elle s'était assise derrière. La voiture avait roulé un peu, puis s'était immobilisée au bout d'un embouteillage. Pendant que Sarah essayait de me prendre la main en passant la sienne à travers l'interstice entre la portière et mon siège, le chauffeur m'avait demandé :

« J'mets la radio, ça vous gêne pas ?

– Oui, je lui avais fait.

– La radio ?

– Mais oui, y a pas de problème, j'te dis.

– D'accord ; parce qu'y en a qui veulent pas, mais avec les jeunes c'est pas pareil, hein ? Vous êtes à l'école d'agriculture, là, pas vrai ? », avait fait le chauffeur, il souriait. C'était un homme petit et gros, il portait un *béret** noir miteux.

« Exact », je lui ai répondu sans réfléchir. Je mentais.

« Eh oui… dans le mille ! »

Je n'avais rien ajouté. Je fixais les loupiottes rouges qui s'allumaient à l'arrière des voitures chaque fois que les conducteurs appuyaient sur le frein. Un peu plus tard, la grande décharge était apparue. Des bulldozers géants – ils paraissaient tout petits à une telle distance – gravissaient la colline et la couvraient de terre.

Le chauffeur avait marmonné quelque chose à propos des voitures et des encombrements, puis il a levé la voix :

« Moi, à votre place je resterais pas ici… moi, j'avais pas de diplôme mais je me suis cassé en 1999 ou en 2000, c'était… dans ces eaux-là, quoi… j'suis monté en France… et ils m'ont pincé, les bâtards, j'ai même pas eu le temps de me poser un peu… tu sais quoi, le jour où leurs flics, ils ont voulu me ramener ici, ils ont pas été de taille… je me suis débattu comme un taureau… les frères qu'ont vécu ça savent de quoi je parle… quand ils m'ont fichu dans la voiture, j'ai pété un carreau à coups de pied… ils m'ont piqué avec de la morphine, je calculais plus rien… ils m'ont ramené en avion dans une *camisole**… » Le chauffeur nous parlait en regardant devant lui, il faisait à peine attention à nous : « J'suis arrivé ici, je voyais tout en noir et blanc… pareil que quand la télé, elle bloque, tu sais, quand elle te marque *No signal*… j'ai rien compris… à Houari-Boumédiène, l'aéroport, sans un centime… ça m'a rendu dingue… j'ai touché le fond… » Après un court silence, il a repris : « C'est vrai que j'ai vécu la *misère** là-bas, mais une belle *misère**… j'vous donne un conseil, allez-y, partez, et mariez-vous… j'vous le dis comme je pense… » Au bout de quelques secondes, il a ajouté : « Tu veux que je te dise… mariez-vous pas. »

J'ai respiré profondément et je lui ai répondu :

« Et on ira s'installer à la montagne, on s'achètera une ferme et on élèvera des vaches… t'en dis quoi ?

– Pas mal… ça, c'est parler… franchement, faites-le… y a plus de vie ici… » Il s'est tu, puis m'a regardé d'un air bête : « Ici, y a plus rien. »

Le soleil était couché et la décharge n'était plus qu'une masse noire sur laquelle se déplaçaient les bulldozers, comme d'énormes fourmis jaunes ; à l'arrière-plan, le ciel du crépuscule abandonnait lentement ses couleurs. La circulation était de plus en plus compliquée et le chauffeur nous a dit qu'il était préférable qu'on continue à pied si on ne voulait pas rater le train. Il a refusé qu'on paie la course. Il a souri, il nous a souhaité bon voyage, en espérant qu'on puisse quitter le pays en toute sécurité.

Nous étions descendus du taxi et avions commencé à marcher, puis à courir. La rue était plus belle ce jour-là que le jeudi après-midi où j'ai tourné le dos à mon banc.

Je continuais à cheminer seul, songeant à ce que c'était *le jeudi*. Un jeudi ne pouvait que bien tourner, je me suis dit. Un jeudi est une promesse lointaine, un avenir incertain et proche à la fois. J'avais conscience de fuir la relation, j'y mettais un terme de façon stupide ; après mûre réflexion, j'ai décidé de ne pas aller à la fac. J'ai continué à marcher droit devant moi en me répétant : les choses vont bien tourner.

***

Je suis arrivé au carrefour et au grand rond-point d'Oued Smar, là j'ai pris à gauche. Après avoir dépassé la cité de jeunes filles, et avant d'atteindre l'entrée de l'université qui se trouve du côté du marché El-Djorf, j'ai remarqué une Peugeot 207 orange garée le long du trottoir, je me suis dit que si je trouvais Madjid à l'intérieur, ma journée serait peut-être sauvée ; si par contre c'était quelqu'un d'autre – ce qui était probable –, ce serait d'un bout à l'autre une journée de merde.

Il était presque 18 heures. Un éclair. Le tonnerre… puis le ciel s'est fendu, déversant une pluie battante, j'ai fouillé mon sac à dos – pas de parapluie. Il n'y avait pas d'auvent le long du mur, rien pour s'abriter, alors je me suis mis à courir. Je ne suis pas arrivé à ignorer complètement la Peugeot quand je suis passé devant, j'ai tourné la tête mais je n'ai rien vu, les vitres de la voiture étaient couvertes de buée. J'ai poursuivi ma course et mes sauts par-dessus les flaques jusqu'au moment où j'ai entendu une voix m'appeler par mon prénom. Je l'ai tout de suite reconnu. Spontanément, j'ai souri. Je me suis retourné, Madjid sortait la tête par la vitre baissée. Je suis revenu vers la voiture en évitant les mares, je ne voyais rien de dehors, à cause de la buée, il m'a fait signe de monter derrière et, quand j'ai ouvert la portière, je me suis rendu compte qu'il y avait une fille sur le siège avant.

Madjid est un copain de lycée, il avait rejoint l'université de Bab Ezzouar lui aussi, département de mathématiques et informatique (MI), mais j'avais perdu sa trace après le bac alors qu'on venait de passer une année ensemble, assis à la même table. Nous nous étions perdus de vue parce qu'il avait une voiture, il ne prenait jamais le train ; il avait quelques années de plus que moi et avait déjà son permis quand on était camarades de classe, il garait sa Peugeot orange devant le lycée. Elle appartenait à sa mère qui ne s'en servait pas ; lui, en revanche, se rendait une fois par semaine chez quelqu'un de sa famille à Saïd Hamdine. Madjid connaissait plein de monde en dehors de Réghaïa, il avait une autre vie à Alger centre, il fréquentait des garçons et des filles là-bas, allait à des soirées.

Le moins que je puisse dire de la fille, c'est que c'était une bombe. *Boumba.* Elle était très claire de peau et avait des cheveux tout lisses, on aurait dit de l'eau, qui faisaient des vaguelettes quand elle bougeait. Ses yeux couleur miel étaient surmontés d'une frange impeccable. Elle avait les joues roses et sa poitrine semblait prête à jaillir d'un chemisier rouge et bleu dont les boutons du haut étaient défaits. Je n'ai pas compris pourquoi Madjid me faisait monter dans la voiture.

Il fumait en silence et baissait sa vitre de quelques centimètres quand il voulait faire tomber les cendres de sa cigarette.

La situation était embarrassante. Il pleuvait de plus belle. J'avais terriblement envie de fumer.

« Célia », a fait Madjid pour me présenter la fille à côté de lui.

J'ai attendu qu'il dise mon prénom mais il ne l'a pas fait. Il avait dû lui parler de moi quand il m'avait appelé, j'ai pensé. La fille a tendu la main, elle souriait, à moitié concernée, sa main était tendre et chaude et la mienne, froide, un morceau de glace.

« *Enchantée** », a fait Célia en français, j'ai hoché la tête, et souri.

J'aurais bien pris une cigarette mais j'hésitais.

« Tu redescends à la maison ou quoi ? m'a demandé Madjid en se tournant vers moi.

– Et toi, tu redescends ?

– Non, non, on va peut-être monter à Alger, comme ça, un petit coup. »

Le silence s'est fait pendant quelques secondes. J'ai imaginé le long trajet de la maison. Je me suis vu sortir de la voiture pour me retrouver sous la pluie, arriver à la gare trempé, me battre pour gagner une place et me tasser dans un wagon bondé.

« Tu veux venir ? Y a peut-être une *soirée** chez une copine à nous, elle te connaît pas, mais *normal**, tu peux venir », a dit Madjid, rompant le silence.

J'ai accepté sans réfléchir et je me suis affalé sur la banquette arrière. Mon envie de fumer avait diminué, je m'abandonnais à la chaleur de la voiture, au bruit de la pluie et au reflet des lumières de la rue et des phares de voitures déformées par les vitres. Madjid s'est engagé dans l'embouteillage qui s'étendait de l'université jusqu'à l'intersection entre le tramway et la voie rapide.

J'ai envoyé un *SMS** à maman pour lui dire de ne pas m'attendre, que je passerais la nuit chez Madjid.

Sarah avait appelé plusieurs fois. Je n'ai pas éteint mon portable pour ne pas affoler maman. Au niveau du Palais des expositions, on s'est retrouvés dans un embouteillage monstre.

Célia avait boutonné le haut de son chemisier mais celui-ci avait quand même du mal à contenir toute sa poitrine. Elle a essayé de mettre de la musique sur son téléphone, Madjid l'en a empêchée en lançant exprès une *playlist* entière de chanteurs de cabaret, des Cheba Sabah, Houari Manar et même le gros Amin Titi, qui a commencé sa carrière comme trompettiste :

شدي عليا طالبك / راه رشى لي القلب
ما نزيدش نوالفك / انت واحدة danger

Dis à ton marabout de se calmer / Mon cœur est lié par un enchantement / J'veux plus te fréquenter / Une fille comme toi c'est danger

Et c'est sur ce rythme qu'on a filé vers la soirée.

***

On s'est arrêtés dans une ruelle dont j'ignore le nom, à Alger centre. Je suis descendu avec Madjid, il a dit qu'il allait acheter à boire. J'y connaissais rien en alcool, je l'ai suivi en silence. Je n'avais jamais mis les pieds dans cette ruelle. On est entrés dans la boutique qui n'était ouverte sur la rue que par une toute petite porte, Madjid m'a dit que c'était le seul endroit où l'on pouvait trouver de l'alcool un jeudi soir, tous les autres débits de boisson écoulaient leur marchandise de bonne heure.

Il y avait dix personnes environ, qui faisaient du boucan parce qu'il n'y avait plus de bière fraîche. La marchandise venait directement d'une réserve, les vendeurs la faisaient passer de l'obscurité de l'arrière-boutique à l'obscurité des sacs des clients. Madjid a acheté des bouteilles de whisky et n'a pas demandé de bières. Il a voulu savoir ce que je faisais tout à l'heure dans cette rue déserte. Je lui ai raconté que j'avais décidé de mettre un terme à ma relation avec Sarah. Il a demandé qui était Sarah, j'ai essayé de lui rafraîchir la mémoire, elle était avec nous au lycée. Il était distrait. Il a hoché la tête et a demandé si Sarah habitait à la cité de jeunes filles, je lui ai répondu qu'elle était à l'École vétérinaire d'Oued Smar.

« *Rabbak!* Nom de Dieu, t'es venu à pied d'Oued Smar sous cette pluie! », il m'a fait en parlant fort et en riant.

Je n'ai pas relevé, j'ai observé les regards des clients autour de nous. Ils étaient tendus et tristes, je me suis demandé s'ils avaient aussi peur que moi de rencontrer quelqu'un de leur famille ou une connaissance en sortant de ce magasin, des sacs noirs à la main – on aurait dit des sacs-poubelles – pleins de bouteilles d'alcool.

Ensuite, Madjid nous a emmenés en voiture jusqu'à un énorme immeuble qui s'appelle l'Aérohabitat, il m'a dit. Dans le quartier du Télemly. Il m'a demandé d'ouvrir le coffre où il avait mis les sacs d'alcool et de nourriture qu'il avait achetés, et de monter avec Célia chez leurs amis. Il nous rejoindrait après avoir garé la voiture. J'ai pris les sachets et j'ai laissé mon sac à dos dans le coffre de la voiture, je me suis dit que je rentrerais de toute façon avec lui.

Je suis monté avec Célia dans l'ascenseur, il y avait là des gens, des habitants de l'immeuble, et un homme noir assis sur une chaise, qui faisait payer dix dinars par personne. J'étais paniqué, j'ai évité de regarder les autres. J'étais terrifié à l'idée qu'ils entendent le bruit des bouteilles de whisky. Je ne sais pas pourquoi j'ai eu peur. Et puis je n'avais pas souvent pris l'ascenseur dans ma vie, les immeubles à Réghaïa ne sont pas très hauts et le seul bâtiment plus élevé s'était effondré à cause du tremblement de terre. On est arrivés au dixième étage, on est sortis et j'ai suivi Célia vers un autre ascenseur, plus petit, il n'y avait que nous deux à l'intérieur, elle m'a demandé d'appuyer sur le 21.

Je portais les sachets de nourriture et de whisky, et Célia serrait contre elle une bouteille de vodka dans un sac en papier. J'ai pensé que c'était la première fois que je montais dans un ascenseur en compagnie d'une jolie fille avec de gros seins et une bouteille de vodka. Les scénarios défilaient dans ma tête – une panne d'ascenseur, débarrasser Célia de son chemisier et de son *soutien** pour la posséder ne serait-ce que quelques minutes… –, je fixais le revêtement de sol, qui était rouge et usé, on pouvait voir en dessous la structure métallique de l'ascenseur. J'ai gardé mon calme, tous les films que je me faisais – actes fous et inappropriés – sont restés dans le silence, comme une lettre muette à la fin d'un mot, suspendue pour toujours.

« *T'es en quelle année** ? m'a demandé Célia en français, avec son sourire blasé, après avoir envoyé un message.

– *Première… Première année** », je lui ai fait, la gorge nouée.

Elle a acquiescé en conservant son demi-sourire, j'ai estimé que ce devait être l'intérêt maximal qu'elle pouvait accorder à une personne serrée avec elle dans un ascenseur. Elle a baissé son regard vers le sol, et je l'ai observée. Ses joues étaient encore rouges. Dès qu'on est arrivés au dernier étage, elle s'est élancée hors de l'ascenseur, on aurait dit qu'elle s'en échappait. Je lui ai demandé :

« Et toi ? »

Elle ne m'a pas entendu, elle filait sur la longue coursive plongée dans le noir, j'étais derrière elle et, sur notre droite, pour la première fois de ma vie, je voyais la ville d'en haut. J'ai arrêté de la suivre. J'ai posé les sacs par terre. L'air était froid, parsemé de gouttes de pluie éparses mais tenaces. Une ligne lumineuse qui suivait la côte traçait une zone plus éclairée, c'était l'autoroute qui longe le port et finit par y entrer, le reste de la ville en contrebas ressemblait à une grosse braise endormie, noire, mais quelques maisons et quelques rues encore allumées attendaient que le vent se lève et leur souffle dessus pour tout embraser. Ainsi, moi, debout au dernier étage de cet immeuble géant, j'avais Alger à mes pieds.

J'ai sorti mon paquet de cigarettes et j'ai réussi à en allumer une au bout de la quatrième tentative, à cause du vent. J'ai entendu Célia m'appeler par mon prénom au bout de la coursive, je lui ai fait signe que j'arrivais, elle était debout avec une autre fille dans l'encadrement d'une porte éclairée. La fumée disparaissait dès que je la soufflais, je me suis dit que j'éprouvais les sensations de quelqu'un qui se tient debout à la proue d'un paquebot. Je ne distinguais pas clairement la mer. Elle se confondait avec l'obscurité du ciel.

***

À l'intérieur, c'était une autre histoire. La porte avait été laissée entrouverte et, quand je suis entré, toutes les lampes du plafond étaient éteintes, des abat-jour – plein d'abat-jour – diffusaient une lumière chaude. C'était un petit appartement. Petite cuisine, type bar américain, alors que les meubles du salon occupaient l'espace allant de la porte d'entrée à une baie vitrée qui donnait sur un balcon. Côté balcon, un escalier montait vers l'étage où devaient se trouver les chambres

– c'est en tout cas ce que j'ai supposé. La fille qui était avec Célia derrière le bar s'est avancée vers moi, elle m'a souri en tendant la main pour prendre les sacs que je portais, elle a répété *marhba,* bienvenue, d'un ton maniéré. J'ai posé les sacs sur le marbre et lui ai répondu :

« *Merci**…

– Imen, *enchantée** ! »

Elle s'est penchée au-dessus du bar et m'a fait une bise, puis une autre, je me suis contenté de tourner la tête pour lui tendre les joues sans rien dire. J'ai écouté les petits claquements de lèvres près de mes oreilles.

Elle était brune et portait un pull moulant rouge foncé. Son rouge à lèvres était de la même couleur. Son cou était long et joli, parsemé de quelques grains de beauté. Globalement, sans faire dans le détail, elle était belle. Elle n'a pas arrêté de me poser des questions : si j'étais un ami de Madjid, j'ai répondu oui. Si j'étais encore étudiant, j'ai répondu oui. J'ai espéré de tout cœur qu'elle ne me demande pas mon âge, ce qu'elle n'a pas fait.

J'ai cru comprendre à travers les propos d'Imen que cette soirée était organisée pour l'anniversaire d'une fille qui n'était pas encore arrivée. J'ai enlevé ma veste, ils portaient tous de beaux vêtements bien repassés, j'étais le seul à ne pas être habillé pour l'occasion. Ce genre de choses ne m'affecte pas. Cette fête m'était tombée du ciel. J'ai jeté un œil à mon téléphone, vingt-six appels de Sarah et deux de maman. Je l'ai remis dans ma poche.

« Tu bois quoi ? m'a demandé Imen.

– *Gazouz*… un soda quelconque », ai-je fait sobrement, sans me justifier.

Je ne connaissais personne, ils étaient une dizaine. Trois sur le balcon et sept environ à l'intérieur. Célia était assise avec une brune, et un gars, debout, qui adoptait des expressions graves. On aurait dit qu'il posait en permanence, prêt pour la photo. Tout cela était insolite. J'ai pris mon verre de Fanta orange, le Fanta me rappelle les fêtes de mariage, on en sert tout le temps aux enfants. J'ai regardé les verres des autres, la plupart buvaient de l'alcool.

J'ai découvert qu'il y avait une autre vue sur la ville, moins grandiose, quand on était sur le balcon. Je suis un amateur de balcons. J'ai fait un pas dehors, j'ai souri aux deux filles et au type assis autour d'une petite table en bois. Le balcon débordait de plantes. Par contre, il faisait très froid ; j'ai posé mon verre sur la balustrade en fer et suis rentré enfiler ma veste. Quand je suis revenu, une des deux filles, assise dans le noir, et dont je ne voyais pas bien le visage, m'a dit :

« Et s'il était tombé, ton verre ? »

Elle m'a surpris. J'ai réfléchi un peu. Deux secondes. Puis j'ai répondu :

« S'il était tombé, il se serait cassé…

– … et il aurait tué quelqu'un, bravo !

– Un seul verre, ça peut pas tuer, je crois, lui ai-je dit en cachant mon embarras avec un sourire.

– C'est vrai, il en faut beaucoup plus… », a acquiescé le garçon.

J'ai hoché la tête en veillant à ne pas m'immiscer entre eux, sans leur tourner le dos non plus. Je ne voulais ni m'incruster dans le trio de balcon qu'ils formaient ni exclure l'éventualité de m'asseoir avec eux. Le garçon portait une veste en cuir, son visage était éclairé, il avait de longs cheveux noirs et une *moustache** naissante. Les filles, quant à elles, ne portaient pas de veste ; comme Célia, elles ne semblaient pas frileuses. Au lycée, les garçons racontaient que la température corporelle des filles était plus élevée que la nôtre mais je n'y ai jamais cru, c'était encore un de ces mythes sur l'ardent désir féminin.

J'ai essayé de suivre leur conversation, j'ai compris que la deuxième fille, celle qui ne m'avait pas parlé, était architecte ou quelque chose dans ce genre, elle leur parlait d'un pont qui passait en haut d'un immeuble, il ne l'enjambait pas mais était directement posé dessus : l'« immeuble-pont », elle l'appelait comme ça. Elle disait qu'il ne se trouvait pas très loin. Ça m'a rappelé la scène d'un film algérien, un film relativement récent, *Viva Laldjérie*, je l'ai vu à l'époque où j'étais au lycée, on y aperçoit cet immeuble mais, à part ça, je n'étais jamais passé devant, ni dessus. Je me suis demandé comment il avait résisté au tremblement de terre et ne s'était pas effondré en emportant son pont avec lui.

Imen nous a rejoints sur le balcon. Elle tenait un verre de whisky. Elle est venue à côté de moi, j'ai allumé une cigarette pour être prêt à soutenir une nouvelle conversation. Ma culpabilité et le souvenir de maman commençaient à s'estomper. J'ai compris qu'elle n'habitait pas en Algérie. Elle étudiait en France. Marketing. Ce n'est pas un sujet que je maîtrise. Elle vit à Paris depuis deux ans. Elle vient deux fois par an pour voir sa famille et ses amis. Elle m'a demandé où j'habitais. Je lui ai répondu et elle a ajouté qu'elle connaissait Réghaïa. Sa tante avait un cabinet là-bas. Elle était allée la voir une fois, en train. Je me suis demandé pourquoi je ne croisais jamais de filles comme Imen dans le train alors que je le prenais tous les jours.

Tout le monde connaît un cabinet de médecin à Réghaïa. Parfois, j'ai l'impression que cette ville est un hôpital à ciel ouvert.

Je lui ai demandé comment était sa vie à Paris. Elle m'a dit que ce n'était pas aussi simple qu'on pouvait le croire.

« J'y suis jamais allé, je sais pas à quoi ressemble la vie là-bas, mais j'ai jamais dit que c'était *simple**… », lui ai-je répondu, après avoir tiré une petite bouffée sur ma cigarette.

Il a semblé à Imen qu'elle avait parlé trop vite, elle a reconsidéré la question en silence puis m'a dit que c'était ce que pensaient la plupart des gens. Elle a croisé les bras et s'est massé l'épaule nerveusement. Elle a ajouté que sa vie était un peu compliquée entre l'université, son petit boulot dans une bibliothèque municipale et les cours du soir, mais que malgré tout c'était une belle vie. Je l'ai interrogée à propos des cours du soir et elle m'a répondu :

« *Des choses pour le CV, tu sais… des cours de contrôle de gestion, de la comptabilité factorielle**… »

Je n'y connaissais rien mais j'ai fait oui de la tête.

Je lui ai dit que j'étais en biologie. Elle m'a demandé si je pensais partir à l'étranger après les études.

« Je sais pas… peut-être. »

Elle trouvait que la vie à Alger aussi était difficile. Plus difficile qu'à Paris. Je me préparais à entendre sa liste des dix raisons qui vous poussent à quitter le pays, je me suis rappelé le chauffeur de taxi d'Oued Smar plusieurs mois auparavant, mais j'ai trouvé sa remarque sur Alger intéressante en fin de compte :

« Tu veux que je te dise, *c'est quoi le problème, ici** ? Les gens ne s'occupent pas, ils sont pas pressés, Alger est ennuyeuse, aucune occupation pour personne, *tu sens pas qu'il y a une vie qui court**. »

Je suis encore en train de réfléchir à ce qu'elle vient de dire et la voilà qui repart à l'intérieur, elle m'annonce que la fille dont c'est l'anniversaire est arrivée. Je me mets à l'entrée du balcon. Je vois, à l'étage, une fille finir d'emballer un paquet de taille moyenne avec du papier cadeau brillant. Dans la pénombre. Elle descend ensuite lentement l'escalier en bois. En même temps, je vois la fille qui vient d'entrer, Madjid est arrivé, je ne l'avais pas remarqué, il est derrière le bar et prépare quelque chose, un mouvement s'esquisse autour de celle dont on fête l'anniversaire, je ne sais pas encore comment elle s'appelle, un corps mince, des cheveux crépus et ramassés en tomate sur le sommet de la tête. Elle a la peau mate, un joli visage, de jolies mains aussi, le reste de son corps est caché par ses amis qui défilent pour la prendre dans leurs bras.

Il semble que je sois le seul étranger dans cette fête, je me sens oppressé et gêné. Qui me présentera à cette fille ? Comment me présenter tout seul ? Quoi dire ?

***

Je n'ai rien fait. Je suis resté sur le balcon. D'autres gens sont arrivés. Du trio de tout à l'heure, il ne restait que la plus taciturne qui m'avait adressé la parole. Je me suis retrouvé à côté d'elle en me poussant pour laisser entrer de nouveaux venus. Madjid m'a rejoint, il buvait du whisky, il m'a servi quelques propos virils sur la fin de ma relation avec Sarah, j'ai voulu l'interrompre, lui dire qu'elle n'était pas « officiellement » terminée, mais j'ai ravalé ces banalités.

Madjid parlait rapidement, tout son visage s'animait, ses mains aussi, la chaîne en or autour de son cou tressautait. C'est quelqu'un qui ne croit que dans le concret, le palpable. Il ne perd pas son temps. Il a posé sa main sur mon épaule et l'a tapotée gentiment en souriant. Il partageait son expérience de la vie avec son ancien camarade de lycée. Il n'a pas fait de commentaire sur le verre de Fanta dans ma main. Il est rentré au salon. J'ai soudain eu froid, je me suis tourné sans réfléchir et j'ai demandé à la fille si je pouvais m'asseoir, elle a dit oui. J'ai pris mon téléphone, maman était en train d'appeler. Il était 23 heures passées. J'ai posé mon verre sur la table. Tout à coup le bruit de la musique, des rires et des conversations est monté d'un cran. Je suis allé dans le salon, il était bondé, j'ai croisé le regard de Célia, elle m'a souri, c'était un vrai sourire cette fois, je lui ai souri en retour et suis sorti sur la coursive où il faisait noir.

« Allô…

– Ça fait cinq heures que je t'appelle ! », m'a-t-elle hurlé dans l'oreille.

Je l'ai imaginée étendue sur son lit, à essayer de me joindre, toutes lumières éteintes, dans la lueur bleutée de la télé qui vibrait sur les quatre murs.

« Mais je t'ai envoyé un SMS, non ? J'avais mis mon téléphone à charger…

– Appelle. Appelle, m'envoie pas de SMS ! Si tu t'étais fait enlever, les ravisseurs auraient pu me l'envoyer, ton SMS !

– Me faire enlever ? Ça leur aurait fait une belle jambe, tiens ! Arrête de raconter des trucs pareils. Ça va, toi ?

– Et maintenant il me demande si ça va… Tu rentres quand ?

– Demain, *inchallah*.

– Avant ou après le petit déjeuner ?

– *Ya zah*… nique ma vie ! j'ai grogné entre mes dents, après avoir éloigné le téléphone. Après le p'tit déj. Après. Allez… Bonne nuit, *M'ma*. Allez…

– Mais pourquoi… attends…

– Allez… je raccroche…

– Je vais pas te parler, là. On aura une explication demain.

– C'est ça… on aura une explication demain. Allez ! *Bonne nuit**.

– *Bonne nuit**. Fais attention à toi. »

J'ai raccroché. En fin de compte *M'ma* était une mère-hélicoptère elle aussi.

J'aurais aimé être assez insouciant pour balancer mon téléphone et ne pas sentir l'aigreur qui me soulève le cœur après chaque coup de fil de maman. Il paraît que ceux qui cassent des objets, des assiettes, sous le coup de la colère, se calment dès qu'ils entendent le bruit du choc. Je me suis dit que je n'entendrais pas le téléphone éclater si je le jetais de si haut.

J'ai allumé une cigarette et me suis accoudé pour contempler la ville. J'ai aperçu Maqam Echahid, le monument paraissait petit à une telle distance et changeait de couleur, violet, vert, rouge… J'ai repensé à l'immeuble qui s'est écroulé à Réghaïa au moment du tremblement de terre. On l'appelait « El-Kinze », comme le chiffre *quinze** en français. C'était un bâtiment de quinze étages. Je me suis demandé pourquoi cet immeuble-ci n'était pas tombé comme El-Kinze, qui se trouvait à cent mètres de chez nous. L'un comme l'autre ont été construits par la France avant l'indépendance, mais j'ai entendu dire qu'il y avait eu beaucoup de travaux non réglementaires au niveau du rez-de-chaussée du Kinze. Je me rappelle très bien comment il s'est écroulé, progressivement, ça a pris trois jours. Les murs se sont fissurés le premier jour. On est sortis avec maman, et on l'a vu tanguer. Ça m'a donné envie de pleurer. Des cris venaient de partout. Maman me serrait la main pour que je ne m'éloigne pas, le tremblement de terre n'allait pas en plus nous séparer. On s'était garés dans le parking du quartier voisin. « Viens, on retourne à la voiture. Il n'y aura peut-être pas de tremblement de terre dans la voiture », je lui ai fait. Elle m'a répondu que le tremblement de terre était partout. « N'aie pas peur », elle m'a dit.

Je me suis tu un moment, mais les larmes ont fini par prendre le dessus. On a vu les gens sortir du Kinze comme des fourmis. La plupart ne sont pas retournés dans leur appartement après cette nuit-là, certains ont trouvé des casse-cou prêts à y entrer, contre de l'argent, pour leur rapporter leurs papiers ou leurs économies.

Maman s'est agenouillée et m'a demandé de ne pas avoir peur. Je lui ai dit qu'il fallait qu'on se sauve, qu'on devait tout laisser et fuir en train. Il était plus de 20 heures et maman m'a dit : « Les trains partent avant le tremblement de terre. » Elle voulait dire que les trains ne roulent pas après 19 h 30, je l'ai comprise sans qu'elle ait à m'expliquer. J'entendais des bruits, cris, pleurs et sirènes d'ambulance, partout, j'ai imaginé les trains s'éloignant comme un troupeau d'énormes bêtes de métal, qui laissait les humains affronter seuls le séisme. Mes larmes avaient séché et l'obscurité avait tout recouvert. La nuit a été longue.

« *Ça va commencer* !* », a fait une voix dans l'entrebâillement de la porte, avant de s'éclipser.

J'ai jeté la cigarette, rempli mes poumons d'air et suis entré. Ils chantaient et tapaient des mains autour d'un grand gâteau aux fruits. La fille était à genoux devant la table, les lumières étaient éteintes, la lueur des bougies se reflétait sur son joli visage et dessinait au plafond des ombres pâles – celles des mains et des têtes de ses amis – dont le mouvement faisait penser à la lente progression d'un vol d'oiseaux. Vingt-trois, c'était le chiffre annoncé par les bougies plantées sur le gâteau. J'avais faim, je me suis rappelé que je n'avais rien mangé depuis plusieurs heures.

J'ai retiré ma veste, je n'ai pas trouvé où l'accrocher. Je l'ai balancée dans un coin et, après une dernière salve d'applaudissements, quand les bougies ont été soufflées, j'ai allumé la lampe du plus grand abat-jour. Personne ne m'a rien dit. Je me suis donné du courage et j'ai intégré le cercle. Tout le monde l'embrassait à nouveau, j'ai lu son nom sur le gâteau : WISSAL. J'ai attendu mon tour d'embrassade et de gâteau. J'ai senti mon humeur changer. Le téléphone était éteint et c'était très bien ainsi.

« Wissal… joyeux anniversaire… », lui ai-je dit avant de me présenter en souriant comme un benêt, qu'elle me connaisse ou non ne m'importait plus, je l'ai prise dans mes bras, ça n'a pas eu l'air de la gêner, elle aussi m'a serré contre elle avec chaleur et m'a remercié d'être venu.

Je suis allé droit vers Célia qui découpait le gâteau, j'ai pris une grosse part, elle m'a demandé si je passais un bon moment. J'ai fait un clin d'œil et j'ai dit oui.

La fille du balcon s'appelait Nisrine, je le savais enfin. Elle ne faisait que boire. J'avais vu se succéder plusieurs couleurs dans son verre. Je ne m'y connaissais pas beaucoup en alcool mais j'avais entendu dire qu'il ne fallait pas mélanger plusieurs boissons alcoolisées au cours d'une même soirée. Je me suis assis sur la chaise à côté d'elle et me suis attaqué au morceau de gâteau aux fruits.

Elle m'a demandé si c'était bon, j'ai répondu que oui.

« Tu veux goûter ?

– Non, non.

– Je t'apporte quelque chose à manger ? lui ai-je proposé même si je me doutais de la réponse ; il m'arrive d'être exagérément prévenant avec les personnes que je ne connais pas, pour inspirer confiance.

– Oh… non, non merci, j'étais là quand ils l'ont acheté… Pas envie de manger », elle a dit dans un sourire. C'était un sourire triste.

« Tu habites ici, toi ? ai-je pris sur moi de demander.

– *Heyh*… on peut dire ça. Pas dans ce bâtiment précisément mais *dans la même rue**. Par contre, je suis pas d'ici, d'Alger je veux dire, je suis de Constantine.

– Ah oui, Constantine ! J'suis jamais allé à Constantine, c'est une ville que je connais seulement en photo.

– Constantine, *oui**. »

J'aurais voulu dire quelque chose mais je ne connaissais de cette ville que les photos de ponts suspendus, la musique malouf et le nougat aux noix, la *jouziya* (maman en rapportait à la maison parce qu'une de ses collègues à la banque lui en donnait).

La fille est retombée dans son silence, elle fixait alternativement la nuit au-delà du balcon et son verre, elle ne bougeait que pour le remplir quand il était vide. Elle ne semblait pas avoir envie de parler, je ne savais pas qui elle était et j'étais le seul élément étranger de cette soirée. Célia est venue sur le balcon peu après pour fumer, elle était de meilleure humeur. J'ai eu l'impression qu'elle me parlait et me regardait avec plus de sympathie, elle devait avoir oublié que je l'avais surprise la poitrine à moitié à l'air dans la voiture, elle m'a demandé si j'avais fait connaissance avec Nisrine, elle a désigné la Constantinoise, j'ai répondu que oui, j'ai souri.

J'ai quitté ma chaise et me suis levé pour tenir compagnie à Célia, j'ai allumé sa cigarette puis une autre pour moi. On a fumé. Je lui ai demandé si elle connaissait Constantine, elle m'a répondu qu'elle y était allée dans le cadre d'un salon de l'automobile, elle faisait hôtesse dans des salons à ses heures perdues, elle se mettait en tailleur court, se maquillait et se posait là pour attirer les chalands.

« Constantine, y a quoi là-bas ? Il faut avouer qu'en cuisine ils se débrouillent, *zrira, tchekhtchoukha*… et puis ils ont *les* *ponts**, très utiles quand t'es en voiture mais aussi si tu veux te balancer dans le vide. »

Elle a regardé Nisrine et a ajouté :

« Vous avez un mot à vous pour dire "se balancer", c'est *ytiychou rouhhom*, pas vrai ?

– *Qewdi.*

– Ah oui, j'oubliais, ils t'envoient te faire foutre comme ça, *normal**, même en famille ça les gêne pas de dire des grossièretés pareilles. »

On s'est mis à rire, Célia et moi ; avec la cigarette et le froid, on a même failli s'étouffer. Nisrine, elle, nous a ignorés et a continué à boire son verre.

J'ai demandé à Célia si elle savait où était Madjid, elle m'a répondu qu'elle ne savait pas, peut-être quelque part à l'intérieur, à moins qu'il ne soit reparti. Sa réponse m'a mis en état de choc, je n'avais pas réfléchi à l'endroit où je passerais la nuit, je m'étais vaguement dit que je verrais ça en temps voulu et que je demanderais à Madjid si je pouvais dormir chez lui. Je me suis rappelé mon sac laissé dans le coffre de sa voiture.

« Mais il est allé où ? Je sais pas où dormir moi, j'ai laissé mes affaires dans la voiture.

– Stresse pas ! Ça va se régler, ça va se régler… », a fait Célia en soufflant la fumée de sa cigarette.

***

Madjid s'était volatilisé. La nuit avançant, il faisait de plus en plus froid, la moitié des invités était partie et je ne savais pas quoi faire. Nisrine, noyée dans le silence, continuait à boire et moi, à observer les déplacements de Célia dans l'appartement, c'était la seule personne qui, au moins, connaissait mon prénom.

Nous sommes entrés dans le salon et avons fermé la porte du balcon derrière nous. J'ai éternué, ça m'a rappelé l'humidité du matin à la gare, je n'avais plus mon sac, le chemin du retour allait être long. En plus, il fallait que je retrouve Madjid, que je me procure son numéro de téléphone, pour qu'il ne perde pas mes affaires.

Nisrine vacillait, elle était saoule, un verre de plus et elle aurait été incapable de mettre un pied devant l'autre. Elle s'est appuyée sur le premier siège qu'elle a croisé, puis s'est dirigée vers les toilettes en se prenant les pieds dans le tapis, on l'a entendue vomir, elle avait laissé la porte ouverte. Imen a couru la rejoindre, elle lui a demandé si ça allait. Je n'ai pas entendu la réponse mais cet incident a donné le signal de la fin de la soirée.

Elles sont revenues vers l'évier de la cuisine. Imen l'a aidée à se rincer le visage, qui était pâle, et que je voyais pour la première fois à la lumière. Un petit visage, deux yeux noirs, on aurait dit deux trous insondables, une bouche, petite elle aussi, j'ai essayé d'imaginer à quoi pouvait ressembler son sourire. Elle avait les cheveux noirs, attachés en une longue queue de cheval décoiffée, des mèches étaient restées collées sur son visage mouillé. Le garçon et la fille qui étaient avec elle sur le balcon étaient partis depuis un bon moment.

Célia s'est assise devant moi, elle a dit qu'elle devait trouver où dormir, elle habitait à Mohammadia et c'est Madjid qui était censé la raccompagner, mais son téléphone était éteint et il avait disparu. Elle était elle aussi à moitié saoule, c'est en tout cas ce qu'il m'a semblé, avec ma maigre expérience en matière de cuite. On était dans la même galère mais elle, elle connaissait les gens ici.

J'ai aidé Nisrine à s'asseoir, je lui ai demandé si ça allait, elle a hoché la tête en souriant. Elle avait l'air triste. Célia, à ma droite, appelait Madjid, en vain. Je l'entendais pester :

« *Kelb… hmâr… fils de pute**… *'atay…* » Puis elle s'est mise à se parler à elle-même – à moins que ce ne fût à moi – de la nécessité de trouver un endroit où passer la nuit.

Tout le monde est parti. Il ne restait plus qu'Imen. Elle se tenait debout dans l'encadrement de la porte éclairée, exactement comme quand elle nous avait accueillis. Elle est revenue vers nous et s'est adressée d'abord à Nisrine :

« *Ça va** ?

– Ça va », a dit Nisrine, en respirant lentement.

J'arrivais bien à imaginer comment elle devait se sentir maintenant qu'elle avait vomi, ce soulagement traître et fébrile qui peut à tout moment céder la place à d'insupportables vertiges.

« Je crois pas qu'on puisse trouver un taxi à cette heure-ci. Me dis pas que tu te sens capable de rentrer toute seule chez toi ! Tu peux rester là, y a pas de souci.

– Aha ! *C'est pas la peine**. Et vous, vous savez où crécher ? elle nous a demandé en se tournant vers nous.

– On attend Madjid ! a répondu promptement Célia.

– Ça m'étonnerait qu'il revienne », ai-je fait en regardant le tapis qui avait besoin d'être lavé à grande eau dans une station de lavage auto.

Un silence tendu a traversé la pièce. C'est Nisrine qui l'a rompu :

« Vous pouvez venir chez moi, j'habite à deux pas, après *le pont**.

– *Ils peuvent rester ici**, a fait Imen, en parlant de nous à la troisième personne comme si on avait quitté la pièce.

– Ça revient au même. Mieux vaut qu'ils viennent avec moi, on te laisse ranger ici, tranquille. »

L'affaire était entendue. J'ai fermé ma veste et Célia a mis un manteau que sa poitrine ne permettait pas de boutonner jusqu'en haut. On a embrassé Imen et on est sortis sur la coursive. Célia luttait contre le poids de sa tête pour ne pas tomber en avant, elle semblait plus fatiguée que Nisrine. Alger m'est à nouveau apparue comme une braise tout en bas, de l'autre côté de la rambarde. Imen a fermé la porte, la lumière s'est retirée. Nisrine portait son manteau à la main, je me suis répété : « Les filles ne sont pas frileuses. » Je me suis dit que j'étais sur le point de passer la nuit avec deux filles, rencontrées par hasard. Je n'avais jamais couché avec une fille. Jamais les choses n'étaient allées aussi loin, mais rien ne permettait de dire s'il allait se passer quelque chose ou si j'allais dormir sur le canapé du salon. Peut-être que Nisrine habitait un studio, sans salon. Une seule pièce. Un seul lit. Plein de pensées me traversaient la tête, j'ai eu très envie de fumer, j'ai tendu la main vers le paquet dans ma poche, il était vide. Merde. Les deux filles attendaient l'ascenseur. J'ai regardé la ville une dernière fois, on distinguait clairement la mer ; en tout cas, j'ai cru la voir.

Dans l'ascenseur, Nisrine s'est appuyée sur l'épaule de Célia, je l'ai imaginée seule, en train de pleurer : elle se déshabillerait puis s'effondrerait sur son lit. Je préférais que cela se passe autrement quand on arriverait chez elle. Peut-être qu'elle aimait quelqu'un ou que son amoureux l'avait quittée, on ne sait jamais pourquoi les autres pleurent, pourquoi ils se saoulent et vomissent, aux fêtes en général. J'étais sans expérience dans ce domaine. On est arrivés au rez-de-chaussée, la nuit était froide. On a pris à gauche, Nisrine s'est approchée de moi et a enroulé son bras autour du mien, c'était la première fois qu'une fille me touchait depuis le début de la soirée. J'ai senti mes muscles se crisper et puis je m'y suis fait, au bout de quelques pas. On est passés devant une grande pièce vitrée qui contenait des dizaines – des centaines – de boîtes aux lettres, celles des habitants de l'immeuble. J'ai demandé à Célia si elle avait des cigarettes, elle n'en avait pas, peut-être qu'il faudrait en acheter. J'étais le plus jeune du groupe, il fallait espérer que personne ne me demande mon âge.

On a marché le long de dizaines de voitures garées. On avançait dans la nuit. C'était la première fois que je passais par là, c'était la nuit de toutes les premières fois. J'étais heureux malgré Sarah, malgré le sac à dos et malgré maman. On n'a pas trouvé de bureau de tabac ouvert, il était minuit passé. Quand on est arrivés au niveau d'une sorte de petite station-service, on a aperçu le fameux pont. J'avais hâte de le voir de plus près, mais j'avançais au rythme de Nisrine. Célia était complètement ivre maintenant, elle marchait deux pas devant nous, comme une somnambule. On a traversé la rue pour rejoindre le trottoir à gauche du pont. On s'est arrêtés un peu. J'ai tendu le cou pour voir l'immeuble en contrebas, j'ai senti quelque chose dans ma poitrine, comme quand on fume sa première cigarette. On voit mieux en bas avant de s'engager sur le pont, parce qu'une fois dessus la grille qui sert de garde-fou empêche de se pencher – c'était avant que les gens se mettent à y accrocher des cadenas d'amour et qu'il soit peint aux couleurs de l'arc-en-ciel. C'était il y a relativement longtemps.

Célia a annoncé qu'elle avait trouvé une cigarette dans son sac, elle l'a allumée et s'est adossée contre la grille pour la fumer, son manteau était ouvert et laissait saillir sa poitrine, ce n'était pas la copine de Madjid, c'est ce que j'ai compris à ce moment-là, tout le monde faisait plaisir à tout le monde, couchait avec tout le monde, il n'y avait pas vraiment quelque chose qui s'appelait une relation ou de l'amour. J'ai prié pour qu'elle ne me demande pas mon âge. Je me suis approché d'elle, à moins de vingt centimètres, j'ai tendu la main, j'ai pris la cigarette et, à cet instant précis, elle m'a crié en plein visage :

« Ahhh ! »

Je n'ai pas compris. J'ai fait un pas en arrière mais elle m'a poussé, je me suis tourné et j'ai vu Nisrine essayer d'escalader la grille métallique sur le trottoir d'en face. On a traversé la rue, déserte à une heure pareille de la nuit. Le garde-fou faisait un peu plus de deux mètres de haut. Nisrine avait du mal à agripper le sommet. Célia a tendu les bras et s'est mise à la tirer par les pieds mais Nisrine a réussi à se défaire d'une de ses chaussures de sport qui est restée dans la main de Célia, et elle a crié de douleur en agitant une main en l'air.

J'ai vu qu'il y avait des pointes métalliques à certains endroits en haut de la grille.

« Nisrine… Descends… Qu'est-ce qui te prend ? Descends ! », criait Célia prise de panique.

Je tenais encore la cigarette. J'étais fatigué, je ne savais pas quoi faire. Je regardais Nisrine, elle se cramponnait au grillage, on aurait dit un singe ou même un fœtus, vu sa position, j'ai pensé qu'elle se détacherait au bout de quelques secondes. Je ne comprenais pas ce qu'elle voulait, se suicider ? Les gens se suicidaient donc ici aussi ? Ils sautaient du haut de l'immeuble-pont. J'ai jeté la cigarette et suis allé vers elle, je l'ai attrapée par les hanches. C'était une fille mince. Je l'ai tirée de toutes mes forces et elle s'est mise à hurler, à nous insulter en s'agrippant de tous ses doigts au grillage.

« Lâche ce grillage. Lâche ce grillage. »

J'ai répété ces trois mots sans crier. J'ai parlé calmement, on aurait dit un pompier professionnel.

« Lâche ! Mais lâche ! », lui a dit Célia, à bout de nerfs.

J'ai collé mon visage contre son dos et j'ai enroulé mes bras autour de sa taille. Elle était hors de danger mais la situation prêtait à rire et à confusion. Et puis, si elle arrivait à sauter en fin de compte ? L'immeuble était vraiment haut. Mortel. J'ai vu Célia remuer à côté de moi, j'ai tourné la tête, elle ramassait la cigarette encore allumée. Elle est revenue à ma gauche.

« On bouge pas de là », elle a fait.

Nisrine ne disait rien. Elle respirait bruyamment et s'accrochait à la grille comme un naufragé à une planche. À un moment donné, sans dire un mot, elle a fondu en larmes, c'était une étrange manière de pleurer, on aurait dit le râle d'un animal qui agonise. Un animal blessé à mort, qui expire lentement. J'en ai profité pour la tirer fort. Elle avait lâché la grille et, comme elle était légère, j'ai été entraîné en arrière par mon geste et suis tombé du trottoir, elle est tombée à côté de moi. Elle s'est mise en boule et a continué à pleurer. Je pressentais que la nuit serait encore plus merdique qu'elle ne l'était déjà. J'étais étalé par terre. Près de moi, une fille complètement bourrée pleurait et, en face, une autre – ivre elle aussi – fumait notre dernière cigarette. Le froid fouettait et la nuit avançait doucement. J'ai pensé à mon sac. À Sarah. Au lendemain. Vendredi et son ennui. Le calme funèbre de la ville, les rues vides et les haut-parleurs des mosquées comme des mouches géantes à l'horizon. Vendredi, tous les magasins sont fermés avant la prière, et après. Vendredi, les bus et les trains arrivent en retard.

Sonaret, entreprise d'État

1

À la fin de l'année 1993, je travaillais à l'Entreprise nationale des arts graphiques, unité de Réghaïa, dans la zone industrielle de cette petite ville. Depuis quelques années, Réghaïa était la dernière municipalité rattachée à la capitale du côté est, l'ultime bastion oriental. Ce bourg périphérique, situé à mi-chemin de la ligne ferroviaire Alger-Thénia, était l'extension résidentielle de la zone industrielle qui s'étend jusqu'à Rouiba, localité plus étendue et architecturalement plus belle.

J'ai visité Réghaïa pour la première fois à l'invitation d'un ami travaillant dans une entreprise publique de construction, qui avait pour appellation un acronyme étrange, comme beaucoup de ces entreprises : la Cenestal. Mon ami venait de s'installer dans un quartier nouvellement construit par cette même société à proximité du stade municipal, du lycée et d'un petit cimetière chrétien ceint d'un muret peu élevé. « Habitat fonctionnel » – voilà l'expression qui m'est venue après avoir vu son petit appartement. Deux chambres, un salon, une cuisine et une salle de bains, des fenêtres allongées et étroites par lesquelles la lumière a du mal à entrer. Un appartement construit pour une fonction précise : loger une petite famille, correspondant aux critères de la famille type définie par le programme gouvernemental. Mais les gens à l'époque ne se souciaient ni de ce que disait le gouvernement ni du nombre de chambres de leur appartement. Les parcelles de terrain inoccupées autour des localités de la périphérie d'Alger étaient excavées, on y plantait des fondations de béton et de fer, et on attendait qu'elles germent, poussent et se développent pour accueillir le surplus humain dont débordaient les campagnes ou les appartements du centre-ville.

2

J'avais commencé à travailler pour l'Entreprise un an auparavant. C'était allé très vite, comme tout à cette époque-là. Je ne me souviens pas de ce que je faisais exactement avant, mais je disais aux gens que j'étais dans le journalisme. Après des mois de discussions avec papa, de querelles et de cris, et maintenant que tout le monde avait compris que nous avions affaire à un monstre qui frappait à l'aveugle, il m'a dit :

« Le pays va mal et, toi, t'as la tête dure… tu vas me laisser tomber ton bon Dieu de *journal** immédiatement… Tonton Omar t'a trouvé un boulot. »

Tonton Omar est le plus vieil ami de papa. C'est lui qui a intercédé en ma faveur pour que je devienne responsable d'édition à l'Entreprise nationale des arts graphiques, connue sous l'appellation abrégée ENAG. Refuser n'était pas une option, surtout une fois que j'en eus parlé avec Mériem.

Cette opportunité était une réponse modeste à notre problème. Il fallait qu'on se marie.

Le mariage a eu lieu dans une salle des fêtes à Kouba, une salle nue, on aurait dit un hall de gare, grand et froid. Mériem vivait avec sa mère, son père était décédé et ses frères vivaient en France. Je me suis installé avec sa mère et elle, dans l'appartement. Un bel endroit, dans la tour de la rue Shakespeare à El-Mouradia. On était à cent mètres du palais de la Présidence, au quinzième étage, quand on se tenait dans le salon, Alger s'étalait sous nos pieds.

Notre nouvelle vie s'est rapidement mise à ronronner, Mériem se rendait au bureau d'études où elle travaillait, et moi, je rejoignais mon bureau froid, à trente kilomètres de là. C'était en 1992 ; comme j'avais été engagé depuis moins d'un an, je n'ai pas pu prendre de congé. Quand le président Boudiaf a été assassiné à Annaba, j'étais dans mon bureau et je finissais la révision d'un manuscrit, une traduction de *L'Origine et les fondements de l'inégalité parmi les hommes* de Jean-Jacques Rousseau.

Des mois à lire et à corriger des livres de l'époque de la Nahda[1] ou des Lumières. Certains de ces textes faisaient preuve d'une telle virtuosité que cela me donnait envie de boire, mais il n'y avait aucun endroit où étancher sa soif dans les environs. Les bars les plus proches étaient à Rouiba, de toutes les façons, je ne m'y serais jamais aventuré en plein jour.

Il m'arrivait d'emporter, dans le cartable en cuir noir hérité de mon père en même temps que sa Renault 4 blanche, quelques canettes de bière soigneusement enroulées dans du papier journal, que je déposais dans le petit frigo de mon bureau en arrivant. Ce cartable l'avait accompagné dès ses

1. Mouvement de modernisation culturelle apparu dans le monde arabe au XIXe siècle et au début du XXe.

débuts à l'Inspection de l'éducation, boulevard Mohammed-V. Il n'y avait jamais mis de papiers ni de dossiers, uniquement des sandwichs, des cigarettes et des sous-vêtements « en cas de force majeure », c'est ce qu'il disait sans fournir davantage de détails sur ce qui resterait les zones d'ombre de son existence. De ces zones d'ombre, quelques autres indices nous sont parvenus : un décapsuleur en fer, frappé de la marque de bière 33, et une cicatrice profonde à l'intérieur du bras droit.

3

C'était un matin d'hiver, j'étais sorti sans prendre de café. Le moteur de la 4 L faisait un bruit étrange. Bzzzzz. On aurait dit une énorme abeille blanche avançant sur l'asphalte. Il n'y avait presque pas de voitures. Combien de voitures y avait-il à Alger à l'époque ? L'autoradio ne pouvait lire qu'une seule cassette, de Hachemi Guerouabi, elle y était coincée depuis des mois. Quand j'allumais le poste, Guerouabi se mettait à chanter…

ما تشغل بالك / بالحسابات تغير حالك / شرع الله

Ne t'encombre pas l'esprit / À trop calculer tu n'es plus toi-même / Le décret de Dieu

… puis sa voix se taisait quelques secondes avant de se transformer en un râle d'animal à l'agonie.

Il a commencé à pleuvoir au moment où j'ai garé la voiture sur le parking de l'Entreprise, et quand je suis entré dans mon bureau avec mon cartable et un café pris à la cafétéria, j'ai vu à travers les grandes fenêtres qu'il tombait des cordes. La pluie fouettait l'extérieur des vitres et les débarrassait de la poussière et des fientes de pigeon accumulées. C'était une matinée sombre et belle.

J'ai trouvé sur mon bureau une grande enveloppe. C'était le manuscrit d'un écrivain tunisien dont je n'avais jamais entendu parler: Ali Douagi. Le texte était accompagné d'une lettre écrite par un professeur d'université, son nom et l'adresse de l'université de La Manouba de Tunis figuraient sur l'enveloppe. La lettre était une sorte d'introduction à l'œuvre d'Ali Douagi. Je me suis assis pour feuilleter le manuscrit, parcourir quelques pages pour m'en faire une idée. En moins de deux heures, je l'avais terminé.

C'était un livre en deux parties, la première comprenait les récits de cet écrivain bohème dans le Tunis des années 1930; la seconde, intitulée « Tournée des bars de Méditerranée », racontait l'histoire de l'écrivain sans le sou qui, après avoir touché un héritage, avait décidé d'embarquer sur un bateau qui faisait le tour de la Méditerranée; il découvrait ainsi toutes les villes où il faisait escale. Les récits étaient plaisants, contrairement à l'introduction, certes très complète sur la biographie de l'auteur, mais terriblement ennuyeuse et mal écrite. Elle avait été rédigée sur un beau papier blanc satiné, qui n'avait rien à voir avec celui en usage à l'époque dans les entreprises publiques, jaunâtre et rugueux, une horreur.

Quand je me suis levé de ma chaise, j'ai entendu mes vertèbres craquer, je me suis dirigé vers la grande fenêtre en m'étirant le bassin et me suis mis à regarder les rails. Ma porte était fermée comme à l'accoutumée. M'asseoir au bureau et relire de vieux manuscrits, cela valait toujours mieux que de déambuler dans les couloirs de l'Entreprise, *El Charika*, comme l'appellent les employés. Les conversations tournaient toutes autour des ultimes tentatives d'infiltration de la zone industrielle par le Front islamique du salut, dissous, et le

Parti de l'avant-garde socialiste, périclitant. Il se passait des choses étranges à l'époque : les marchandises ne sortaient pas des entrepôts, des ouvriers étaient renvoyés sans raison, des entreprises publiques se retrouvaient au bord de la faillite. La zone industrielle vivait son dernier séisme avant le retour au calme plat.

Je pensais à Mériem. Ses longues mains, sa peau délicate au duvet translucide et les veines fines et saillantes de ses bras. Les mains dans les poches, je respirais profondément en imaginant mon dos nu sous ses doigts.

Le récit de Douagi à Istanbul m'avait rappelé Mériem, elle ressemblait à la jeune femme qu'il rencontre dans un vieux restaurant sombre : il écrit qu'elle a parfois des absences, quelques secondes, pendant lesquelles elle écarquille ses grands yeux comme si elle voyait un fantôme. Il y avait aussi ce tic nerveux consistant à se cramponner au torchon après avoir lavé les assiettes – comme si quelqu'un allait le lui prendre – avant de s'essuyer à nouveau et de passer la main sur le plan de travail. Mériem fait la même chose.

4

Je l'ai trouvée assise dans le salon quand je suis rentré le soir à la maison, elle regardait les lumières de la ville. Un des côtés du salon était constitué pour moitié d'une baie vitrée, comme dans les bureaux de l'Entreprise, mais au lieu de donner sur des terrains vagues où s'entassent des objets rouillés et des herbes folles que traversent les rails du train comme d'interminables serpents, notre appartement offrait une vue sur une Alger qui s'illuminait tous les soirs.

La mère de Mériem, dans sa chambre, regardait une chaîne de télévision française, où passaient des films de Noël et des dizaines de publicités très colorées, où êtres humains et marchandises étaient recouverts de neige – une neige aussi blanche que du papier tunisien. Chez nous, il n'y avait pas de neige, il y avait un vent froid.

Je me suis replié dans notre chambre pour me changer, Mériem m'a rejoint. Elle m'a interrogé sur ma journée et m'a dit qu'elle était rentrée à la maison un peu après midi et qu'il y avait de la *dolma* à dîner. Je me suis approché d'elle pour l'embrasser, j'ai essayé de l'immobiliser en posant mes mains sur ses hanches, mais elle a battu en retraite vers la cuisine en souriant.

Une seule fois, elle ne s'est pas sauvée avec ce sourire. La première fois. C'était dans le bureau d'études où elle a commencé à exercer. Je l'y avais accompagnée un jour de week-end pluvieux, elle allait chercher des papiers qu'elle avait oubliés et les lieux étaient vides. J'ai retroussé sa robe, soulevé Mériem et l'ai calée sur le bureau ; c'était un vieux meuble avec un plateau en bois, de grands tiroirs et des pieds métalliques, je regardais ses petites mains appuyées sur la grande planche. Tous les bureaux des entreprises publiques se ressemblent.

Après dîner, elle est retournée à sa table de dessin dans le salon et j'ai fait la vaisselle. Sa mère n'avait pas mangé avec nous et, quand je suis allé reprendre l'assiette dans sa chambre, elle m'a dit :

« Et vous, maintenant, là… vous partez quand ? »

Elle disait *douqa* (maintenant), avec l'accent des vieux Algérois.

« Pour aller où ? je lui ai demandé en feignant de ne pas comprendre.

– Où ? Comment ça, où ? », et sans me laisser le temps de répliquer, elle a ajouté : « Rien, rien… »

Elle avait des absences puis elle revenait à elle, à nous. Il lui arrivait de ne rien dire pendant des jours. On aurait cru qu'elle recevait la visite d'un ange qui lui ravissait la parole.

Quand je suis revenu dans la cuisine, j'ai trouvé Mériem debout devant la vaisselle, elle s'accrochait au torchon, dans le même geste nerveux décrit par Douagi, puis elle a passé sa main sur le marbre mouillé. Je me suis approché d'elle et l'ai embrassée sur les cheveux. J'ai fini la vaisselle.

Je me suis assis dans le salon près de la grande fenêtre, au cœur de ce qui restait d'obscurité maintenant que Mériem avait allumé au-dessus de son bureau. Derrière elle, il y avait l'étagère des livres de l'Entreprise, la plupart n'étaient jamais sortis en librairie, et n'étaient pas disponibles dans les bibliothèques publiques. Je lui ai demandé sur quoi elle travaillait, elle a répondu que c'était un projet d'habitation dans le quartier de Mohammadia. C'est elle qui m'a parlé de l'« habitat fonctionnel », de son histoire, de son inscription dans une politique particulière, qui range les gens dans les cases d'une famille définie par la loi : un père et une mère, qui travaillent, deux enfants, tout au plus, conformément à la politique de contrôle des naissances, et un petit appartement, loin de la capitale, pour désengorger la ville. Dans son exposé, elle avait aussi insisté sur l'importance de garantir des transports publics, en particulier ferroviaires… Au travail, j'ai entendu à maintes reprises les employés se moquer du retard des vieux trains et de la désorganisation de la société qui s'en occupe, rebaptisée Sonaret, la Société nationale des retards de train.

Le projet sur lequel elle travaillait était modeste, le directeur du bureau d'études refusait de valider à la chaîne des projets de grande ampleur sans les examiner, il refusait de se laisser corrompre. Elle disait qu'il serait bientôt renvoyé.

« Il va pas faire long feu. »

Elle m'a expliqué que des chantiers inachevés étaient vendus aux enchères. Selon elle, rien ne se construirait avant la fin du siècle, le secteur du bâtiment était complètement désorganisé, il n'y avait pas de professionnels, seulement des nouveaux riches, qui achetaient tout. Elle répétait sans cesse : « Ça ne va pas tenir. » J'ai été étonné de l'entendre dire que rien de ce qui se construisait ne résisterait aux tremblements de terre. Tremblement de terre ? Je n'avais plus entendu ce mot depuis le séisme d'El Asnam en 1980.

Je lui ai parlé du livre de Douagi. Le papier sur lequel elle dessinait était d'un blanc plutôt translucide. Je lui ai dit que j'envisageais de réécrire la préface, de toute façon le professeur dont j'avais lu l'introduction ne recevrait sans doute jamais d'exemplaires – s'en remettre à son texte équivalait à jeter à la mer une bouteille en plastique trouée.

« Moi, à ta place, je réécrirais le livre intégralement. »

Je ne suis pas arrivé à déterminer si elle plaisantait ou non, elle a ajouté que tricher avec un livre ne tuerait personne, mais qu'il était autrement plus dangereux de tricher sur la construction d'un immeuble. Quand nous nous sommes mis au lit, dans le noir, elle m'a annoncé qu'elle était enceinte, puis elle s'est collée à moi, elle m'a serré le bras pour que je n'allume pas la lampe de chevet, quelque chose lui étranglait la voix, je n'ai pas compris si c'étaient des larmes ou de la joie, elle s'est recroquevillée et s'est blottie contre mon flanc droit, j'ai involontairement reproduit son mouvement. Nous étions comme deux fœtus jumeaux, sur le point de quitter la chaleur et l'obscurité utérines.

5

La publication du livre de Douagi avait pris un an de retard. J'ai passé l'hiver seul, Mériem était partie avec sa mère en France pour les derniers mois de sa grossesse, nous l'avions décidé ensemble, et elle devait y rester un bon moment, elle avait pris un congé sans solde. Quand je suis allé la voir, elle m'a semblé heureuse, elle commençait à envisager sérieusement de s'y installer. Elle était belle comme jamais, avec l'enfant dans les bras, essayant de lui donner le sein ; la bouche du bébé était si petite, plus petite que le cercle d'une bague, qu'il n'arrivait pas à prendre le téton les premiers jours. Pour ma part, j'étais tiraillé : Mériem essayait de me convaincre de rester en France, mais je n'arrivais pas à sauter le pas, abandonner mon bureau, ma voiture, les miens.

En Algérie, la situation était irrespirable, le travail tournait au ralenti à l'Entreprise, on ne publiait plus beaucoup. J'avais ajouté sur l'étagère du salon les deux volumes du cadi Abdel al-Jabbar : *Le Livre des cinq principes.* Un jeune stagiaire prénommé Bachir, fraîchement arrivé, était allé les chercher à l'imprimerie, il était tout heureux de lire un auteur mu'tazilite mais déplorait que nos livres ne soient pas distribués.

« Parce que tu crois qu'on les imprimerait si les gens lisaient ou avaient une chance d'entendre parler de ce qu'on fait ? », lui ai-je rétorqué en feuilletant le livre. Il a ajusté ses lunettes, a ignoré ma question et il est sorti.

Un jour, je suis directement rentré du travail à la maison, les jours sont courts en hiver, et comme d'habitude le parking de l'immeuble était plein. Tout le monde chez soi. Pourtant, la plupart des appartements étaient inoccupés en raison de la situation. Beaucoup avaient quitté le pays. L'étagère du salon avait accueilli de nouveaux livres, ils avaient rejoint tous les autres, parus depuis des dizaines d'années, certains dataient du début du siècle. Tahar Haddad, Qasim Amin, Salama Moussa, Frantz Fanon… et la voix de Guerouabi en fond sonore :

شرع الله قوم أفتح بابك
كل ما يجرالك في جبينك مكتوب قبالك
ما كانش فيها من صابها كيما يبغيها

C'est le décret de Dieu / Lève-toi et ouvre ta porte / Tout ce qui t'arrive / Sur ton front écrit / Te précède / Personne jamais ne s'y est reconnu

J'ai voulu me préparer un thé mais je me suis ravisé, j'ai ouvert la fenêtre, le vent s'est engouffré, froid et puissant, j'ai refermé. Je n'ai pas eu envie de lire *Le Livre du plaisir partagé en amitié* de Tawhidi, qui était ouvert sur mon lit. Le texte de Douagi était prêt mais il n'avait pas encore été imprimé, la préface était de moi. Je regardais par la fenêtre le scintillement des lumières de la nuit et leurs reflets sur le bitume mouillé au pied de l'immeuble. J'ai décidé de sortir. C'était une initiative périlleuse, mais qui était devenue une habitude ces derniers mois. Je me faufilais hors de l'immeuble et traversais quelques mètres jusqu'à la guérite de Mohamed, notre gardien. Nous échangions des cigarettes et quelques mots, puis je rentrais. On était soumis à un couvre-feu. La Garde républicaine et la police arrêtaient tout ce qui bougeait aux abords du palais présidentiel, désormais sans président.

Cette sortie comprenait un moment particulièrement angoissant, quand la porte de l'ascenseur s'ouvrait au rez-de-chaussée. Tout ce qui advenait ensuite, dans l'obscurité, était familier, pensable. Mais être coincé à l'intérieur d'une boîte de métal dont la porte s'ouvre sur l'inconnu, ça, c'était la peur, la vraie. Les alentours de l'immeuble étaient calmes. J'ai marché lentement en direction de la guérite du gardien, la porte était entrouverte, j'ai regardé à l'intérieur, je ne l'ai pas vu, je me suis arrêté sur le seuil, dans le noir, et j'ai essayé de m'abriter du vent derrière la porte pour allumer une cigarette. Avant d'y parvenir, j'ai remarqué que la barrière en bois que Mohamed levait au passage des voitures n'était pas à sa place. J'ai regardé en l'air, rien. Elle était par terre, brisée. Avant même d'avoir le temps de comprendre ce qu'il se passait, j'ai entendu des aboiements de chiens et les sirènes des voitures de police qui déboulaient de la Présidence, tout là-haut. J'ai été pétrifié un instant, j'ai poussé la porte de la guérite et suis entré pour me cacher. Presque aussitôt, j'ai sauté dehors. J'ai couru vers l'entrée de l'immeuble, j'ai marché dans une flaque pleine de boue et d'herbes, j'ai perdu l'équilibre, mais je suis parvenu à me rattraper à quelque chose de métallique, du grillage peut-être, j'ai senti que je me blessais, j'ai continué vers l'immeuble. Les gyrophares tournoyaient dans le parking maintenant, le retentissement des sirènes saturait l'espace. J'ai appuyé sur le bouton du seul ascenseur en état de marche, ça n'ouvrait pas, je me suis rendu compte que j'avais les mains en sang, j'en avais mis partout sur le bouton. Je me suis précipité dans l'escalier, j'aimais cette cage d'escalier même si je ne l'empruntais jamais. De l'intérieur, l'immeuble ressemble à un vaisseau spatial de vieux film, cette impression était renforcée à présent que je montais en courant l'escalier en colimaçon. J'étais comme attiré vers le bas. L'escalier m'aspirait. J'ai entendu les voix des *ninjas** au rez-de-chaussée. Ces hommes avaient toujours le visage masqué et arrêtaient les gens sur les routes. Avec le temps, leur silhouette à elle seule inspirait la peur, vous ne pouviez pas savoir dans quel camp ils étaient. On les trouvait aux barrages de police et aux barrages des terroristes. Impossible de savoir quel visage se cachait sous la cagoule. Quand j'ai entendu l'un d'eux crier au groupe de suivre les bruits dans l'escalier, j'ai perdu le compte des étages mais j'ai continué à courir. Dans le noir, j'aurais voulu qu'un tremblement de terre frappe l'immeuble, et que l'escalier s'effondre sous moi pour les engloutir.

Ceux qui parlent aux meubles

À Nicolás Medina Mora

À Mexico City, il y a bien des années, un brocanteur ambulant enregistra la voix de sa fille égrenant une litanie de noms de meubles sur l'air qu'utilisaient alors la plupart des gens de ce métier pour récupérer de vieux objets. Une simple liste de meubles, sans mots de liaison. Le brocanteur se mit à diffuser la cassette où était enregistré l'appel de sa fille sur un haut-parleur placé au-dessus de sa camionnette, pour ne pas avoir à user sa voix à longueur de journée. Par la suite, plus aucun marchand ambulant n'appela à voix nue. Des copies de la cassette circulèrent et tous les véhicules croulants qui sillonnaient les rues de Mexico se dotèrent de haut-parleurs diffusant la voix de la petite fille. Cet usage se perpétua durant des années, des décennies. Plus personne ne savait d'où venait cette voix au juste, ni ce qu'il était advenu de la fillette, où elle était, si elle avait grandi et fait sa vie dans une ville lointaine ; ou si elle était restée à Mexico où elle entendait peut-être plusieurs fois par semaine sa propre voix d'enfant devenue comme un ange dans la ville, fantôme du passé arpentant les rues pour appeler et faire venir à elle les meubles et les vieux vêtements plongés dans la poussière et l'obscurité.

Que la jeune fille fût là ou non, sa voix était devenue une petite légende, un détail immuable et familier dans le quotidien des dix millions d'habitants de cette ville, « la plus limpide région », comme le dit Carlos Fuentes.

À une distance de neuf mille deux cent quatre kilomètres de Mexico, par-delà l'océan, dans une ville presque encore limpide, une dame âgée d'environ soixante-dix ans – *madame** Djouzi pour ses voisins et ses employées, Fadela pour la famille – ouvre les yeux après avoir senti le lit bouger sous elle, à la suite d'un appel semblable à celui de la petite fille.

*Ça bouge**, se dit-elle intérieurement.

Elle ouvre les yeux en espérant qu'il ne s'agit que d'une petite secousse sismique isolée, mais elle entend un cri dans la rue. Elle referme les yeux, se concentre. Elle entend le sifflement d'un train au loin, puis le cri retentit de nouveau. Un premier mot lui parvient : « Frigidèèèèère… » Elle comprend qu'il s'agit d'un brocanteur ambulant, un *qeche qedim* : « Frigidèrebifficousinièèèère… *qeche qedim.* »

Elle fait abstraction de la voix. Elle essaie de s'asseoir et grommelle :

« *Merde**. »

*Madame** Djouzi a pris l'habitude, depuis que sa fille et son fils ont quitté le pays il y a quelques années, de se préparer une pleine cafetière avant d'aller dormir, elle la vide dans la Thermos rouge qu'elle ferme bien et qu'elle porte dans sa chambre à coucher. Ainsi, elle n'a pas à affronter la lumière et les bruits de la rue, le matin au sortir du lit. Elle boit une ou deux tasses du café resté chaud, sur sa table de chevet, durant la nuit. C'est en traversant cette petite rivière de café qu'elle accoste sur la journée qui commence et qu'elle peut se lancer dans ses occupations.

Les occupations de *madame** Djouzi ne sont pas nombreuses mais elles peuvent s'avérer fatigantes et problématiques malgré leur apparente simplicité. Elles sont toujours liées au salon de coiffure Néfertiti qu'elle dirige depuis trente ans et qui se trouve à quelques pas de chez elle, près de la cathédrale du Sacré-Cœur.

***

« *Bonjour, madame**, dit Assia, qui travaille au salon, tout en essuyant le miroir.

– *Bonjour, Assia**. »

Madame Djouzi se dirige vers son petit bureau au fond du salon, elle dépose son sac à main dans le grand tiroir avant de vérifier sa coiffure d'un mouvement preste du bout des doigts. Elle se lève et allume les lampes dans l'arrière-boutique. L'odeur précède la vision, il y a une fuite au plafond, l'auréole est de la taille d'une roue de voiture, le petit point initial s'est étalé comme ces tumeurs qui envahissent les poumons.

Madame Djouzi essaie d'entrer en contact avec les habitants du premier étage depuis un mois, mais elle ne trouve pas à qui s'adresser, personne n'a pu lui donner le moindre début de piste. L'appartement change de propriétaire tous les deux ans et les autres voisins sont tous de nouveaux venus ou des locataires occasionnels. Après avoir épuisé la palette des possibilités à sa portée, elle a fait appel à la police – son neveu Farid, le fils de sa sœur, est inspecteur à Bouzaréah –, elle a donc demandé à la force publique d'intervenir pour mettre un terme à l'inondation du premier. On lui a dit qu'une équipe viendrait ce jour.

Madame Djouzi n'est pas du genre à recourir systématiquement à des solutions extrêmes mais les autres l'y contraignent. Aucun voisin ne prête attention à ce qu'elle dit, tous hochent la tête et restent complètement indifférents à son plafond qui s'abîme, l'odeur parvient jusqu'au salon, ce qui contraint les employées à vaporiser du désodorisant plusieurs fois par jour. Tous les immeubles souffrent de manque d'entretien. Les canalisations d'eau sont vétustes, les égouts débordent dans les rues et forment des mares dans la plupart des rez-de-chaussée. Tout cela dans l'indifférence générale, comme si les habitants de cette ville étaient des fantômes. Son amie, madame Lekhal, assure que les tremblements de terre sont la cause de tout, ce sont eux qui poussent la mer, qui, elle-même, creuse sous les immeubles. La mer avance lentement sous la ville et l'engloutira un jour ou l'autre, c'est ce que madame Djouzi, navrée, lui a répliqué en buvant son café de l'après-midi.

Madame Djouzi se tient debout sur le trottoir devant son salon. Derrière elle, les posters, accrochés depuis des années entre la vitre et un drap de couleur foncée, couvrent toute la surface de la vieille vitrine. Photos défraîchies de mannequins portant des vêtements *démodés** datant des années 1980 ou 1990, et qui pour certains sont revenus au goût du jour. À l'arrière-plan, c'est un défilé des quatre saisons, un des mannequins marche dans la neige, d'autres sont à la plage en plein été, l'automne est exagérément marqué par une profusion de feuilles mortes au sol, jaunes et rouges. L'altération des couleurs confère à l'ensemble une même teinte jaune terreux. Madame Djouzi lève la tête en direction du balcon du premier étage.

Vers 11 heures, les policiers arrivent accompagnés d'un huissier de justice. Ils ont garé leur voiture devant le Sacré-Cœur et sont descendus jusqu'à la porte de l'immeuble où se tient madame. Elle tend la main vers l'officier qui hésite un instant, puis la salue. Elle a la tentation de lui demander des nouvelles de Farid, mais se ravise et le conduit devant la porte de l'appartement, en haut des marches. L'immeuble est calme et, comme tous les immeubles anciens, conserve une fraîcheur hivernale et ses ampoules grillées. Madame Djouzi se met en retrait et laisse un des policiers s'approcher de la porte, il frappe deux fois en demandant théâtralement s'il y a quelqu'un à l'intérieur. L'affaire dure deux minutes, chronométrées par le même policier à sa montre-bracelet. Il sort ensuite une petite boîte à outils pour crocheter la serrure, ce qui lui prend trois minutes.

***

Madame Djouzi a ouvert son salon de coiffure au début des années 1980 quand ses enfants sont entrés à l'école ; être déchargée d'un certain nombre d'occupations lui a permis de se consacrer de nouveau à sa vie professionnelle. Elle n'avait pas repris le travail depuis qu'elle avait quitté son emploi d'hôtesse de l'air à la suite de son mariage avec monsieur Karim Djouzi, chef du service international du journal en langue française *El Moudjahid,* dans les années 1960 et 1970.

Durant cette période, et bien que ne travaillant plus à Air Algérie, Fadela avait continué à voyager à l'étranger et à visiter des pays lointains en accompagnant son époux qui faisait souvent partie des délégations algériennes aux conférences et sommets internationaux en Asie, en Afrique et en Amérique du Sud. Elle a conservé les photos de cette époque dans quatre albums grand format, sans compter les dizaines de bibelots, de petits souvenirs et de meubles rapportés de leurs voyages.

Les photos et les objets sont tout ce qui reste de ces années sur lesquelles reposent pourtant toutes les histoires de la famille. Karim avait une belle situation professionnelle, il était le premier journaliste algérien à avoir rencontré Che Guevara, qui lui avait accordé un entretien, publié sur trois pages dans *El Moudjahid* en 1963. La photo de Karim en compagnie du Che est toujours à sa place, tout de suite visible quand on entre dans l'appartement, elle n'a jamais bougé sauf lors du tremblement de terre de mai 2003, au cours duquel elle était tombée. Le sous-verre s'était brisé.

Ce jour-là, madame Djouzi avait délicatement enlevé les éclats de verre pour qu'ils n'abîment pas la photo sur laquelle figure son défunt mari. Il est assis sur le bord d'une chaise. On croirait qu'il s'apprête à se lever. Penché vers l'avant, il regarde l'objectif. On le voit poser un énorme magnétophone noir sur une petite table basse placée entre lui et le Che, affalé sur sa chaise, jambes croisées, un cigare à la main, qui fixe lui aussi l'appareil photo.

Au milieu de la panique et des répliques sismiques, dans les jours qui avaient suivi le tremblement de terre, madame Djouzi avait mis la photo dans un sac, était sortie de chez elle et avait pris un taxi. Elle s'était rendue dans la boutique de Saïd, ex-rue Mogador, derrière l'actuel Musée d'art moderne, là où se trouvent les ateliers des artisans encadreurs. Saïd lui avait proposé – il avait encadré toutes les photos et tous les tableaux de la famille Djouzi – de s'asseoir pendant qu'il travaillait sur le nouveau cadre. Il avait manipulé la photo, l'avait regardée quelques secondes, s'était mis à évoquer son défunt mari et l'époque des grands hommes, ainsi les nommait-il, puis il avait ajouté en désignant le portrait géant du président Boumédiène dont la moitié supérieure disparaissait dans l'ombre :

« Puissent les hommes, les vrais, reposer en paix…

– … et les femmes. Les hommes et les femmes, mon cher Saïd », avait rétorqué madame Djouzi. En silence, elle l'avait regardé placer la photo dans un cadre neuf, puis nettoyer le sous-verre avec une solution bleue, avant de la lever :

« Je m'en souviens comme si c'était aujourd'hui, le jour où *Si* Karim, Dieu ait son âme, me l'a apportée. »

La maison des Djouzi avait accueilli Myriam Makeba et de nombreux autres chanteurs, algériens et étrangers, des journalistes et des écrivains que Karim aimait fréquenter quand ils étaient de passage en Algérie.

Avec un train de vie pareil, Fadela n'avait pas pu travailler : elle devait rester auprès de Karim, s'occuper des enfants et gérer le quotidien, prendre toutes les décisions concernant la nourriture, l'ameublement, la garde-robe de Karim et des petits.

Chacun des visiteurs qu'elle avait accueillis avait laissé une trace dans l'appartement de la rue Debussy, une photo, un objet, une peinture, une dédicace dans un livre. Les rayons de la bibliothèque abritent encore un ouvrage de Mostefa Lacheraf, signé de la main de l'auteur, et un recueil de poèmes de Jean Sénac. Madame Djouzi a un sourire pour lui chaque fois qu'elle repense à son accent, ce soir-là, c'était en hiver. Tout le monde l'avait taquiné pour ses longues chaussettes roses. Karim avait pris une photo de lui, mais elle ne sait plus où elle est passée. Peut-être dans un des albums.

Au bout de plusieurs années, les visiteurs se sont faits moins nombreux, les voyages à l'étranger, plus rares, c'est alors que madame Djouzi avait envisagé d'ouvrir un salon de coiffure et d'esthétique. L'idée lui était venue à la suite du dernier grand voyage qu'elle avait fait avec son mari, à Mexico ; ils étaient allés rendre visite à leur ami Lacheraf quand il y occupait les fonctions d'ambassadeur. Longtemps, madame Djouzi a dit que ce voyage avait été le plus beau de sa vie.

Ils avaient tout vu à Mexico et dans ses environs, avaient couru les musées. Lacheraf, qui s'était plongé dans l'étude de la civilisation aztèque, avait été leur guide.

Madame Djouzi était entrée dans des palais en périphérie de la ville, à proximité des volcans qui l'entourent. Elle avait visité de vieux appartements cossus dans le centre-ville. La cuisine mexicaine l'avait enchantée, elle avait attentivement écouté les conseils culinaires des femmes qui la recevaient et acheté plusieurs livres de recettes.

Par un matin calme et sur un balcon plein de plantes parfumées et de petites fleurs, madame Djouzi avait entendu la voix de cette fillette diffusée par un haut-parleur. Elle s'était dressée pour voir d'où venait le son, et avait aperçu la camionnette brinquebalante, chargée de quantité de vieux meubles attachés, au sommet desquels se dressait une baffle d'où jaillissait l'appel de l'enfant, comme une étrange chanson incompréhensible. Quand elle était rentrée dans l'appartement, il lui avait semblé que la table de chevet, que Karim avait rapprochée du lit la veille, s'était déplacée de quelques centimètres en direction de la fenêtre.

Des employés de l'ambassade lui ont raconté l'histoire de cette voix d'enfant. Elle n'a pas parlé de la table qui avait changé de place, elle s'est dit que la ville était entourée de volcans et devait être sujette à des tremblements de terre. Avant de repartir en Algérie, elle avait pris sa décision : ouvrir un salon de coiffure serait le meilleur moyen de s'occuper et de rompre son isolement.

***

Ils tombent sur une petite mare qui va de la salle de bains à l'une des chambres. La tuyauterie est dans un état lamentable, mais le problème ne vient pas seulement de l'appartement du premier ; les fuites des étages supérieurs ruissellent et s'accumulent à ce niveau.

Les policiers reculent vers la porte et les ouvriers appelés par madame Djouzi se mettent au travail. L'appartement est encombré de meubles, il y en a d'anciens, massifs et robustes, d'autres sont plus récents, en plastique et de moindre valeur. Chaque chambre est comme une cave où a pris racine une masse informe à moitié recouverte d'un vieux drap et de poussière… de la poussière, il y en a partout, au-dessus et en dessous de ces entassements, l'appartement tout entier disparaît sous la poussière.

Les ouvriers sont obligés de sortir certains meubles, pour faire de la place, surtout ceux qui bloquent l'entrée des pièces. Ils les descendent dans le hall de l'immeuble et se rendent compte qu'ils gênent le passage, alors ils les sortent dans la rue, sur une place de stationnement, devant le salon de coiffure de madame Djouzi.

Elle regarde les meubles, l'entaille profonde dans le bois brillant de la commode anguleuse, l'affaissement à peine visible sur l'assise de la chaise. Les ouvriers descendent d'autres objets, un vieux ventilateur de marque Eniem, une petite table en métal, quelques cartons entourés de ruban adhésif, ils entassent le tout, retournent s'occuper de la fuite.

Les policiers s'entretiennent avec deux voisins qui habitent l'immeuble. L'un d'eux sortait de chez lui quand il est tombé sur la porte grande ouverte et les policiers qui donnaient des directives pour vider l'appartement. L'autre, lui, ramenait sa fille de l'école. Les policiers leur ont demandé de les suivre dans le hall, pour rester à l'ombre, ils leur ont posé quelques questions, les ont priés de les appeler ou de tenir au courant madame Djouzi s'ils apprenaient quoi que ce soit sur les occupants du premier.

« Nous avons les noms de deux individus censés habiter cet appartement, dit le policier, en essuyant des gouttes de sueur sur son front. On n'sait pas encore comment les joindre, l'un est domicilié à Annaba, et l'autre en France. »

Madame Djouzi entre dans le salon de coiffure, il n'est pas loin de midi. D'ordinaire, c'est à cette heure-ci qu'elle quitte l'endroit, un peu plus tôt même, quand elle a besoin d'acheter quelque chose au marché. Mais là, elle décide d'attendre. Peut-être que les ouvriers termineront aujourd'hui et, même dans ce cas, il leur restera à réparer le plafond qui a souffert. Et qui paiera ? Elle, bien sûr. Ça achète des appartements et ça les laisse aller à vau-l'eau !

Il n'y a qu'une seule cliente dans le salon. Madame Djouzi s'assied sur une des chaises où les femmes ont coutume d'attendre, elle range les magazines sur la table basse, regarde dans le miroir qui couvre tout le mur, croise le regard de la cliente, elles se sourient.

Les agents de police sont repartis et les voisins sont retournés à leurs occupations. Madame Djouzi voit derrière la vitrine un jeune homme s'approcher des meubles posés le long du trottoir. Il porte une blouse bleue et s'avance prudemment. Il fait le tour des meubles, les examine et lorsqu'il tend la main pour essuyer la poussière à la surface de la commode, madame Djouzi sort.

« Bonjour, *madame**.

– … jour.

– C'est à vendre, ça ? »

Madame Djouzi hésite :

« Non, non. Il vous faut quelque chose ? lui dit-elle dans un arabe hésitant.

– Non. Je regarde juste », fait-il, puis il sourit, révélant des dents très blanches. Il pose la main sur une surface en bois, la tapote, deux coups. Il regarde la vitrine du salon et lui lance :

« Jolie boutique…

– … Dieu te bénisse », hasarde madame Djouzi d'une voix étranglée. Elle tapote la surface en bois : « T'es *qeche qedim* ?

– C'est ça.

– C'est toi qu'es passé en criant ce matin à Debussy ?

– C'est où ça, Debussy, *madame** ? »

Madame Djouzi hésite à manifester son irritation mais prend sur elle :

« Là, en bas, lui fait-elle, en désignant sa droite.

– Non, non, c'est pas moi… mais nous autres aussi on y est depuis ce matin et on n'a encore rien acheté. Vous avez pas quelque chose à vendre, *madame** ?

– Non… Non… J'ai rien. »

Parmi les connaissances de madame Djouzi qui vivent dans la ville d'Alger, beaucoup croient que ce n'est pas un hasard si ces brocanteurs itinérants arpentent leurs quartiers, ils savent que leurs appartements sont réputés renfermer des meubles rares. Des meubles remontant aux années 1940, et même plus anciens, que les habitants actuels ont trouvés dans ces logements quittés par les Européens au début des années 1960. Les brocanteurs sillonnent les rues dans leur blouse bleue et réveillent les meubles endormis dans la pénombre, leurs cris les appellent, les mettent en mouvement. L'ordre intérieur est rompu. L'affaire peut même s'avérer dangereuse quand c'est une grande et lourde bibliothèque qui se déplace. Certains aimeraient interdire les *qeche qedim*, d'autres se contentent de bien fermer leurs fenêtres et de fixer leurs meubles pour qu'ils ne bougent pas. Mais madame Djouzi ne croit pas à ces histoires.

« Pas de souci. Et tout ça, c'est à qui ?

– Au voisin, là, madame Djouzi désigne le premier étage.

– Y vend pas ? dit le jeune, et il sourit.

– Faut lui demander à lui… s'il revient… marmonne madame Djouzi.

– Comment ça ?

– Non, rien… rien. »

Le garçon dodeline de la tête, il sourit puis se retourne pour s'en aller, mais madame Djouzi l'arrête :

« Dis-moi… C'est quoi que vous dites quand vous criez ? »

Le jeune rit puis se gratte la tête :

« *Frigidère**… *biffi**…*cousinière**… *commode**… *tabla**… *canapi**… *qeche qedim*. Mais chacun l'arrange à sa sauce. Y en a qui inventent des trucs… »

Humm, se dit madame intérieurement, et elle remercie : « *Saheit.*

– Je vous laisse mon numéro, *madame**, en cas de besoin, si vous voulez vendre quelque chose…

– Oui, laisse-moi ton numéro, répond madame Djouzi, en faisant mine d'être excédée.

– Si vous avez un bout de papier, je peux vous le noter ou alors enregistrez-le sur votre téléphone.

– Voyez-vous ça… se moque madame Djouzi. Tu n'as pas de carte de visite ?

– Non *madame**… mais j'y penserai la prochaine fois. »

Elle lui tend son téléphone, il compose son numéro, puis le lit en chuchotant pour s'en assurer, il rend l'appareil :

« Marquez Walid, *madame**. Allez, portez-vous bien. »

***

Madame est debout sur le seuil de la pharmacie qui se trouve à l'intersection de la rue Didouche et de la rue Debussy, elle tient un petit sachet de médicaments. Amlor cinq milligrammes, comme d'habitude. Elle a décrit à la jeune femme de la pharmacie ce qu'elle a ressenti ce matin, mais sa tension était assez bonne, 13/8, grâce aux médicaments.

« Reposez-vous juste un peu. Amlor cinq milligrammes, c'est suffisant. Je ne pense pas qu'il vous faille du dix milligrammes. »

Madame Djouzi passe devant les escaliers mécaniques qui montent de la rue Debussy au boulevard Mohammed-V, il fait doux mais l'humidité – comme toujours – est étouffante, son pas est lourd. L'employée de la pharmacie a voulu savoir si elle prenait son traitement régulièrement, elle a dit oui. Elle lui a demandé si elle avait eu des soucis récemment. Madame Djouzi a hésité un peu et a fini par lui raconter sa journée, les problèmes dans l'immeuble du salon de coiffure, la jeune femme l'a écoutée et lui a raconté une histoire de fuite survenue à la pharmacie quelques mois auparavant. Mise en confiance, madame Djouzi a voulu lui demander si elle n'avait rien remarqué d'étrange avec les *qeche qedim*, mais la fille a abrégé leur échange en lui souriant et a rejoint sa collègue.

À la porte de l'immeuble, madame Djouzi hésite entre l'ascenseur et l'escalier. Elle prend l'ascenseur. Elle ferme les yeux quand celui-ci marque d'une secousse son arrivée au quatrième étage. Elle cherche son souffle en avançant jusqu'au séjour. Elle s'assied sur le premier siège qui se présente.

Elle revient avec un verre d'eau de la cuisine. Elle s'assied dans le grand fauteuil près du téléphone. Elle se dit qu'elle va reprendre son souffle et appeler Noha, sa fille – qui vit en Espagne. Elle boit un peu d'eau, puis lève les yeux, et s'assure que les meubles sont bien là, autour d'elle. Elle se met debout, ouvre les rideaux pour faire entrer la lumière de la mi-journée, mais le salon demeure sombre. Elle allume le grand lustre, avec ses dix ampoules, et observe les meubles. Les bibelots, les photos. Elle s'approche de celle de Karim avec le Che, accrochée au-dessus du fauteuil. Elle caresse du dos de ses doigts fins les visages de Karim et de Guevara.

L'obscurité dans laquelle végètent les salons de ces vieux appartements rend les meubles fantomatiques, semblables à des spectres noirs, des masses molles plutôt que des objets solides et consistants contre lesquels on pourrait se cogner le pied.

Elle regarde par la fenêtre. La rue est déserte, le soleil est au zénith, ce moment où tout se fige quelques minutes et où la chaleur monte d'un cran. Quand madame Djouzi va s'asseoir, l'appel lui parvient pour la deuxième fois de la journée. Elle retourne à la fenêtre. La voix appelle encore. Elle pose la main sur le marbre froid de la table du téléphone mais ne sent rien. Elle s'assied dans le fauteuil et sort son portable de son sac à main. Elle hésite un instant, va-t-elle appeler avec le fixe ou le portable ? Elle compose le numéro de Noha. Pendant qu'elle écoute la sonnerie de mise en attente, elle sent le fauteuil bouger. Elle ne tremble pas. Elle ne fait pas un geste. Elle ne ferme pas les yeux. Elle reste au téléphone et attend la voix de sa fille, elle tend la main – sans se tourner – vers la photo de Karim et du Che, au-dessus de sa tête, elle la maintiendra en place jusqu'à ce que la voix dans la rue s'éloigne. Elle veillera, cette fois, à ce que rien ne fasse tomber la photo de Karim avec le Che.

Peugeot 505

« *Chouf*… Je vais te dire un truc », lance monsieur Krimou en allumant une deuxième cigarette d'une main, et en époussetant de l'autre la table basse noire de la salle d'attente de l'étude notariale – trois étages le séparent de la rue Didouche-Mourad. « Cette auto, je suis monté en France pour l'acheter, Montpellier, tu connais ? Je l'ai choisie en direct et j'suis rentré… Ils me l'ont expédiée par bateau, au mois de novembre. Au prix où je l'ai payée, j'aurais pu avoir une Mercedes. »

Monsieur Krimou s'interrompt, il promène son regard sur les rideaux verts translucides dans lesquels joue l'air chaud de l'été. Son ami notaire – maître Ahmed – ne s'est jamais soucié de la propreté de son bureau. Il laisse les fenêtres ouvertes à longueur d'année, des tonnes de terre et de poussière s'accumulent.

Soyons brefs. Ce jeune homme semble avide d'entendre la suite de l'histoire, et monsieur Krimou ne jouit pas d'une telle écoute tous les jours, alors il prend son temps.

« Moi, avant d'aller en France, j'avais bien vu que ça allait mal tourner ici, au pays. T'es jeune, tu peux pas te souvenir, t'étais même pas né, si ça se trouve. En arrivant en France, j'ai causé avec un pote flic, il m'a dit Krimou, la situation n'inspire rien de bon, évite les allemandes. J'ai suivi son conseil et j'ai bien fait. Quand le 5 octobre a éclaté, les gens, dès qu'ils voyaient une belle voiture, ils te la bousillaient, la brûlaient, demande à ton père, il te dira. »

Il désigne de la main le père du jeune homme, qui est en train de signer le contrat de vente de la Peugeot sur le bureau du notaire. L'homme sourit bêtement, comme pour confirmer les propos et le geste qui le convoquent en tant que témoin de l'Histoire.

« Quand la Peugeot est arrivée, j'suis allé la chercher à la descente du bateau, j'avais pas envie que les gens du quartier la voient. À l'époque j'habitais El-Harrach. J'avais peur qu'ils se disent ce type-là, il a profité du 5 octobre pour s'en mettre plein les poches, d'où il aurait eu le fric sinon, alors je l'ai ramenée chez maître Ahmed, celui-là même qui est devant toi à présent, je l'ai planquée quelques jours dans son jardin. Flambant neuve ! Intérieur cuir, on aurait dit qu'elle était en argent massif tellement elle brillait, et quand maître Ahmed l'a vue, il m'a fait sacré nom de Dieu ! on croirait qu'elle a été volée à la présidence. »

Monsieur Krimou prononce cette phrase et éclate de rire, il est pris d'une quinte de toux, son visage devient cramoisi. Il éteint sa cigarette en souriant, boit le verre d'eau placé devant lui, puis essuie sa moustache blanche et sa barbe.

« Après, je me suis dit il faut que je la cache, le temps que les problèmes se tassent… Je suis de Béjaïa… »

Son accent produit un « j » fricatif, et chaque fois que son interlocuteur s'étonne de cette prononciation, monsieur Krimou ne manque pas d'évoquer la proximité des parlers de Béjaïa, de Rabat et de l'ensemble des régions où se sont expatriées les populations d'Andalousie.

« … et quand j'ai fini mon service militaire, direct, j'ai pris la voiture. Les copains m'ont dit Krimou, tu devrais carrément acheter la route d'ici à Béjaïa tant que t'y es, j'me suis marré. Pourquoi ? je leur ai fait, moi, j'chuis pas dans le trafic d'armes ou de poudre ! »

Des marques de perplexité s'inscrivent sur le visage du gamin. Monsieur Krimou hésite à s'expliquer, puis le fait quand même : « La cocaïne, j'veux dire. » Il sent que l'histoire commence à lasser le jeune homme, ça se passe toujours ainsi quand il se lance dans des explications sur les mots ou les événements, il perd le fil, ça crée des trous dans ses histoires, et des souvenirs se mettent à couler de ces trous, des souvenirs compacts et denses, qui charrient un trop-plein de choses, comme l'eau des caniveaux, alors il se noie entre la mémoire et le récit.

Monsieur Krimou vend sa Peugeot 505 après des années de route et de vie commune. Le père du jeune homme s'intéresse aux vieilles voitures en bon état. S'ils étaient venus le voir quelques années plus tôt, Krimou n'aurait sans doute pas vendu, mais à présent, et à son grand étonnement (même si ce sentiment n'est pas tout à fait nouveau), ça l'indiffère, plus rien ne lui importe. Il aime sa voiture, comme il aime de nombreuses autres choses, mais il n'associe plus l'amour à la possession. Sa voiture a de la valeur à ses yeux, tout comme les histoires qui se sont formées et cristallisées dans des coins perdus et sombres de la mémoire, mais voilà : toute chose a une fin.

Fais tes adieux à ton amour, car de lui en ce jour tu te sépares, mais sauras-tu supporter les adieux ? Sûr que je saurai, se dit monsieur Krimou avec sérénité. C'est devenu un chantre de la légèreté. Le poids des histoires lui suffit. Il faut dire qu'il aime ça, les histoires, raconter – il mesure même la valeur des hommes et des choses à leurs histoires –, et il faut de la légèreté pour se consacrer à tout ce qui se raconte.

« Je suis arrivé pour midi, j'ai rentré l'auto, j'ai déjeuné avec *yemma*, maman, puis j'ai piqué un somme, il pleuvait. Il faisait un de ces froids, un poison ! J'ai préféré ne pas sortir. C'est après que l'idée a germé dans ma tête : ne pas rentrer à Alger, rester à Béjaïa. »

Et Krimou est resté à Béjaïa. Il est reparti deux jours, en train, a transféré son travail, emporté sa petite valise et est revenu s'installer à Bougie, il a loué un petit *studio** vers le port et n'a plus utilisé la 505 qu'en de rares occasions.

Et puis vinrent les années 1990, « comme le Déluge des Écritures saintes », pour reprendre l'expression que répète sans cesse monsieur Krimou, un déluge qui efface ce qui précède et bouche l'horizon. Aujourd'hui encore, il est réveillé de terreur par le même cauchemar qui peut le laisser tranquille pendant des mois, voire des années, mais qui revient toujours, et deux nuits de suite parfois, faisant resurgir ce qui appartient au passé. Krimou se réveille, haletant dans le noir, avec l'éternelle question de sa femme, qui lui tourne dans la tête : « Comment on a fait pour franchir cette fin de siècle ? »

L'histoire que raconte le plus souvent monsieur Krimou sur les années 1990 ne se déroule pas lors d'une de ces soirées alcoolisées qui se terminent en bain de sang dans les ténèbres d'une nuit de couvre-feu. C'est une histoire d'horreur qui ne se passe même pas dans le noir. Elle surnage au-dessus de tous les autres récits sur le chaos, la confusion immonde, le *micmac** dans lequel les gens replongent quand ils se remémorent cette époque-là.

« Moi, tous les matins je me levais, je m'habillais et je sortais, j'achetais le *journal** et je descendais la *Piétonnière** jusqu'à la place Gueydon. » Il marchait du côté des cafés et des escaliers qui débouchent sur la *cinémathèque**. Monsieur Krimou raconte que c'était par un beau jour d'hiver – ciel pur et soleil froid dont les rayons vous atteignaient à peine. Il s'était assis à la terrasse du café Richelieu, tout au bout de la place, sur une avancée donnant sur la mer. « J'ai ouvert le *journal**. Rien que du sang, des assassinats, des bombes, même le journal, ils vous l'imprimaient en noir et rouge, je me mets à lire : untel, mort, un autre, buté, encore un autre, égorgé… Que du sang, je te dis. » C'est toujours ainsi que monsieur Krimou raconte son histoire à ses amis ou aux gens qu'il connaît, et il poursuit : « Quand j'ai levé la tête, j'avais les Babors dressés devant moi, massifs… énormes… couverts de neige… entre ciel et mer… un monde bleu. Bon Dieu de bon Dieu ! T'avais l'impression que la *nature** nous narguait et nous disait : toute cette splendeur, vous pourrez jamais en profiter tant que vous vous massacrerez les uns les autres. »

Le jeune homme et son père sont partis à présent. Ils lui ont remis l'argent et lui leur a donné les clés. Tout est fini. Krimou se verse un verre d'eau froide et sort sur le balcon pour fumer. Il entend la voix d'Ahmed, à l'intérieur, qui commente les nouvelles du journal : « T'as vu ça ! Quelle bande de bâtards, ces dinosaures, quand même ! »

La Peugeot a toujours été une bonne voiture sur les routes escarpées et tortueuses. Au milieu des années 1990, un ami à lui et sa femme ont débarqué à Béjaïa. C'était un journaliste, il avait échappé à une tentative d'assassinat et avait décidé de fuir Alger. Ils étaient restés au *studio**, puis s'étaient mis d'accord pour que Krimou les accompagne jusqu'à leur village dans la montagne. Quand Krimou se souvient de cette histoire, il se dit : on était tarés quand même ; si c'était à refaire aujourd'hui, jamais je le referais. Mais il l'a fait. Il a conduit la 505 à travers les routes de montagne et ils sont arrivés avant la prière de l'après-midi, ses compagnons lui ont demandé de rester pour la nuit.

Son ami journaliste lui a raconté de nombreuses histoires sur leur village, entre autres que sa femme, Mériem, une Bougiote, et lui étaient des descendants d'Ibn Arabi, le grand maître dont leur lignée portait même le nom : Ihatmiyen. Monsieur Krimou n'a pas accordé une grande attention, ni un grand crédit, à cette histoire, il avait entendu parler du séjour d'Ibn Arabi à Béjaïa mais n'avait jamais rien lu sur son éventuelle descendance dans la région. Ça lui semblait louche. À l'aube, il s'est habillé, a pris son café et a fait tourner le moteur. « *Hadak houa*… C'est pas tout ça… mais faut que je rentre. » C'était le début de l'automne, les matins étaient déjà frais et humides.

Tandis qu'il causait avec son ami près de la voiture, monsieur Krimou a aperçu un homme, il venait vers eux. C'était un vieillard en burnous blanc, le journaliste lui a chuchoté que c'était l'imam du village ; il leur a souhaité le bonjour et leur a demandé comment ils allaient. Il a voulu savoir si monsieur Krimou descendait en ville, celui-ci a acquiescé. Le cheikh lui a recommandé de rester prudent avec tout ce que cachait le brouillard. Il a ensuite tendu un doigt vers la vitre couverte de rosée de la 505, côté passager, et y a tracé la lettre noun : ن. Il les a salués et il est parti.

Pendant une semaine entière, Krimou a continué à voir ce ن sur la vitre : la lettre disparaissait dans la journée, quand il faisait froid et sec, et réapparaissait avec la rosée matinale. Une inscription magique et invisible l'accompagnait et veillait sur lui. Comme elle semble loin, cette lettre tracée dans l'humidité du matin, à une époque où le pays était en feu !

Monsieur Krimou déglutit et retourne à l'intérieur. Les images se superposent dans sa tête, il voit un petit restaurant sur la place de la Comédie à Montpellier, il y avait dîné, il avait pris du poisson et un vin blanc piquant. Il y a aussi la vue sur les Babors à partir du café Richelieu, un soleil froid et El-Hachemi Guerouabi chantant « Echems el-barda » – « Soleil froid », justement. Le paysage se confond avec celui qu'on voit de la fenêtre du Café de France, à quelques mètres de la place Gueydon, peut-être le seul bar de ce pays avec une belle vue sur la mer… peut-être. Un bar où l'on n'a pas l'impression d'être dans un tombeau. Monsieur Krimou aspire une bouffée d'air, il a soif, les images s'effacent, elles ont disparu comme l'eau dans le verre froid qu'il tient à la main, il regarde le verre et se souvient du carreau de la Peugeot dans cette aube lointaine, le brouillard, le brouillard partout. C'est à cette époque-là qu'il a cessé d'attendre que les choses sortent du brouillard ; depuis, le brouillard, il marche en plein dedans.

Monsieur Krimou entend le bruit du moteur de la Peugeot dans une ruelle latérale, il se penche à la rambarde du balcon, pour voir. Il a pressenti le bruit plus qu'il ne l'a entendu : ce bruit intimement lié à chacun de ses matins depuis vingt ans. Il se penche sur l'agitation de la rue, le brouhaha, il ne la voit pas encore… et elle surgit avec son pare-chocs étincelant et ses pneus noirs et propres, elle se fond dans la circulation comme un requin argenté.

Avant le séisme

Les hivers sont de plus en plus courts, trois mois à peine, et quelques jours de pluie.

Il pleuvait le jour où j'ai quitté les salles de travaux pratiques de l'université de Bab Ezzouar. C'était un mardi ou un mercredi, je ne sais plus. Je rentrais en train. Les trains de banlieue transportent des existences, tous les jours, entre Alger et la banlieue est, tous les jours. Étudiants, employés, chômeurs, vous les voyez vieillir, aimer et se briser, tandis que les trains les ramènent ivres, tristes ou heureux. Ils leur offrent un siège vacant ou quelques centimètres carrés pour tenir debout. Ils les ramassent de gare en gare et rejettent la plupart d'entre eux sur le quai de Réghaïa. Il faut voir ça : comment le train se vide d'un coup à Réghaïa.

***

Maman a laissé le reçu du pressing sur le frigo, fixé à l'aide d'une petite orange en plastique aimantée. Elle y a pensé avant d'aller chez ma sœur, lundi ; elle sait qu'elle peut compter sur moi et que je n'oublierai pas le manteau. Nous n'avons jamais été du genre négligent avec nos affaires : ni avec nos habits au pressing, ni avec les plateaux de *baklawa* chez le boulanger. Elle m'a aussi prévenue qu'elle resterait jusqu'à la fin de la semaine à Tipasa, ma sœur habite Tipasa. Autrement dit, je suis seule dans l'appartement pour un moment.

Le premier soir, je me suis servie dans le plat de lentilles qu'elle m'avait préparé et me suis épluché deux oranges ; certains évitent le café et les oranges le soir, pas une fois je n'y ai songé. Pour moi, le sommeil est un train qui trace sa route dans la nuit… rien ne l'arrête.

***

Je suis sortie du train, au milieu du flot humain. J'ai descendu la pente de la gare et suis allée jusqu'à la poste, j'ai tourné vers la teinturerie. Difficile de dire que le soleil se couche quand il ne s'est pas montré de la journée. Le ciel était lourd et sombre, et quand j'ai ouvert la porte vitrée du pressing j'ai eu l'impression d'entrer dans une bulle d'obscurité et de chaleur.

J'aime Réghaïa mais c'est un amour du passé, j'aime ce qu'a été Réghaïa jadis, avant le tremblement de terre, par exemple, quand c'était moins peuplé et plus calme. Aujourd'hui, la ville s'est dégradée, les trottoirs sont délabrés, il arrive qu'un trou se creuse là où on pose le pied, en hiver surtout. Tous mes souvenirs ici remontent à l'enfance. J'ai l'impression qu'une chrysalide s'est déchirée quelque part et que j'attends le moment propice pour m'envoler, partir, je ne sais vers quel horizon. La mer c'est toujours beau.

J'ai sorti le reçu pour le manteau et l'ai présenté à l'employé qui l'a pris et a disparu derrière l'énorme machine à laver. Je suis restée à l'attendre et à ruminer toutes ces pensées à propos de Réghaïa. À ma gauche, un *poster** géant couvrait l'intégralité du mur. Je ne l'avais pas remarqué auparavant : une photo géante du Kinze, l'immeuble qui s'est effondré lors du dernier tremblement de terre. L'image avait beau être un peu floue – l'affiche était un agrandissement d'une petite photo –, c'était le Kinze, je m'en souviens bien.

***

Maman dit que je tiens de mon père quand j'étale mes feuilles et mes plans dans le salon, que je ferme la porte et que je deviens ultrasensible au moindre mouvement, au moindre bruit. Peut-être est-ce vrai, mais les mères attribuent toujours les défauts de leurs enfants au père – n'importe quoi ! Tout ce que je veux, c'est rester toute seule. C'est pour ça que je pense souvent prendre mes distances.

J'aime rester seule à la maison. Le plus possible, même si je vis seule avec maman depuis que ma sœur est mariée. En hiver surtout, ça me donne l'impression d'être loin, comme si personne ne savait que j'habitais là, ce sont comme des jours volés à une vie future.

***

J'ai attendu l'employé en regardant les rangées de vêtements suspendus au-dessus des vieilles machines à laver monstrueuses. On aurait dit un nuage noir coincé au plafond ou un trou duquel émanait la lourde pénombre qui pesait sur la boutique. Il y en avait beaucoup, des pantalons, des manteaux, je ne sais pas combien au juste, en tout cas plus de cent.

Ces vêtements appartenaient manifestement à une autre époque où leurs tissus épais à petits carreaux noirs ou marron étaient à la *mode**. Tout aussi manifestement, ces habits s'étaient accumulés là à la faveur de l'oubli. Ils m'ont fait penser à la veste portée par mon grand-père sur la vieille photo qui était accrochée dans le salon avant de disparaître à la fin des années 1990. Je me souviens qu'on avait repeint la maison et, quand on a eu fini et qu'on a remis les affaires en place, la photo avait disparu. C'était avant le tremblement de terre.

***

La disparition de cette photo m'a préoccupée pendant des années, j'ai interrogé maman à plusieurs reprises, mais elle ne sait pas. Bien qu'on ne fasse pas partie de ce genre de familles qui accumulent les meubles et les objets – les mêmes qui oublient leurs affaires au pressing –, nous ne l'avons jamais retrouvée. Il y a peu, j'ai lu un article sur ces familles de la classe moyenne qui ne se séparent jamais du moindre meuble et qui ne s'en procurent jamais de nouveaux, elles évoluent au milieu de maisons semblables à des réserves de musée. Évidemment, Réghaïa n'est pas une ville de classes moyennes, elle n'aspire même pas à le devenir, bien qu'on y trouve des gens qui ont frôlé les frontières de cette catégorie sociale avant que le tremblement de terre ne vienne mettre un terme à leur ascension et à tout le reste.

***

Les employés de la teinturerie ont des têtes bizarres. Leur visage est triangulaire comme des portions de fromage en boîte, ils ont le menton pointu et de larges pommettes rouges. On dirait des habitants de Mongolie ou de ces régions qu'on appelle l'Asie centrale.

Leurs cheveux, dont les teintes vont, en dégradé, du blond au châtain, donnent l'impression d'être décolorés par endroits – on dirait des taches d'eau de *Javel**. Avant, je me disais que cela résultait de leur exposition continuelle aux produits chimiques qu'ils utilisent pour nettoyer les vêtements, et qu'ils finiraient par en mourir, comme dans les bourgades américaines près desquelles s'installent des usines qui empoisonnent les eaux souterraines. C'est ce qui se passe dans le film *Erin Brockovich* ; les gens perdent leurs cheveux, leur peau part en lambeaux, et ils finissent par développer des maladies et des tumeurs mortelles.

***

Personne ne se souvient de l'immeuble El-Kinze aujourd'hui, alors que c'est la bâtisse la plus élevée que nous ayons eue. Tous les habitants de la banlieue est le connaissent pour être passés devant en se rendant aux plages de Réghaïa et d'Aïn Taya. Mais voilà, ce bâtiment est tombé, anéantissant les rêves de la bourgade qui hésitait à passer du statut de ville d'ouvriers et de déracinés à celui de banlieue prospère. Réghaïa n'avait qu'un grand immeuble mais les commerçants du rez-de-chaussée en ont sapé les fondations tout au long des années 1990 afin d'agrandir leurs magasins et, avec le tremblement de terre, il s'est écroulé, en trois temps, la plupart des habitants ont réussi à s'en tirer. De ça, je me souviens.

***

Se peut-il que les propriétaires de ces vêtements oubliés soient morts dans le tremblement de terre ? Ou qu'ils n'aient plus de maison aujourd'hui ? Il leur est forcément arrivé quelque chose, ils sont morts dans un accident, ont été enlevés ou ont fui loin d'ici ; et, quand les policiers ont trouvé leur corps, ils n'ont pas prêté attention au petit papier plié dans une poche, le reçu qui aurait permis de remonter jusqu'à ce pressing.

***

Quand l'employé est revenu avec mon manteau, je me suis lancée : je l'ai interrogé à propos des vêtements suspendus.

« Ceux-là… Ça fait deux ans qu'ils traînent ici, il m'a dit.

– Waouh.

– Et les autres, là-bas, a-t-il ajouté en désignant une rangée à droite de la porte, ils sont cachés, on les voit pas bien… Ça fait encore plus longtemps… »

Il a souri plusieurs secondes devant ma surprise et il a repris :

« Très longtemps. »

C'était la première fois que je faisais attention à la présence de tous ces vêtements dans la blanchisserie. J'entrais et sortais sans regarder autour de moi ni engager la conversation.

***

Qu'est-ce qui fait que les gens oublient leurs vêtements dans une blanchisserie ?

***

Le problème avec Réghaïa, ce n'est pas seulement qu'on a perdu un grand immeuble à cause du tremblement de terre, mais aussi que les étendues vertes où les gens se sont sauvés quand ils ont quitté leur maison, le jour du séisme, ont disparu aujourd'hui, elles sont toutes recouvertes de constructions. Où se sauveront les gens en cas de nouveau tremblement de terre ? Et je parle ici d'un vrai tremblement de terre, pas d'une de ces secousses anecdotiques qui nous chahutent quatre ou cinq fois par an.

***

L'employé mongol est retourné à l'intérieur, il a de nouveau disparu derrière les énormes machines à laver, là d'où provient cette forte odeur. Il a laissé mon manteau dans un sac plastique transparent. Ces vêtements oubliés me rendaient de plus en plus curieuse, je ne parvenais à trouver aucune explication. On ne se doute pas de toutes les choses terribles qui peuvent frapper les gens, mais il suffit d'entrer dans une teinturerie, petite et vieillotte, et de remarquer le nombre de vêtements oubliés au fil des années, pour acquérir la certitude que des drames se produisent, qu'il s'en produit beaucoup, y compris dans les banlieues éloignées.

***

Toujours la même semaine – je suis revenue de l'université avec mon *bazooka**, je range dedans mes plans et il m'attire les commentaires les plus débiles dans la rue. Avant d'arriver à la maison, j'ai lu une inscription sur le mur de l'école, près de l'arrêt des bus de la ligne Réghaïa-Alger :

10 دينار ماشي 20 دينار...
راهم يسرقوا فيكم هذوك السراقين

Dix dinars c'est pas vingt dinars...
Ils vous arnaquent, ces voleurs

Deux jours plus tard, j'en ai trouvé une autre sur un autre mur :

*LA BATAILLE D'ALGER EST TOUJOURS LÀ**

Le soir même, en faisant frire des bâtonnets de poisson et des frites, je me suis dit qu'une révolution était en train de se préparer à Réghaïa.

Maman m'a appelée dans la soirée pour prendre des nouvelles. On ne s'est pas parlé longtemps. Avant de raccrocher, j'ai failli lui dire de rester à Tipasa, ne reviens pas, une révolution se trame ici, mais je n'en ai rien fait. J'ai mangé une deuxième orange avant d'aller me brosser les dents et me coucher.

***

Je percevais le bruit étouffé des machines à laver, c'est à l'oreille aussi que j'ai deviné les déplacements des employés. J'ai pris mon manteau, j'ai regardé dehors, il pleuvait de plus en plus fort, il faisait sombre. Le pressing était plongé dans le noir. Je suis restée là, à regarder par la vitrine. J'ai eu l'impression d'être dans un de ces appartements dont parle l'article que j'ai lu, petits appartements bourgeois, encombrés de meubles, où une famille vit une vie entière au bord de l'étouffement jusqu'à ce que survienne le tremblement de terre et que tout s'écroule. J'ai regardé le poster du Kinze puis les vieux vêtements oubliés. Je me suis figuré, l'espace d'un instant, que je trouverais ici la photo perdue de mon grand-père ainsi que tous les objets oubliés par leur propriétaire le jour du tremblement de terre. Une idée m'a alors traversé l'esprit : si ça se trouve, ces employés rassemblent des vêtements et tout le nécessaire pour ceux qui préparent la révolution de Réghaïa. Je sortais quand j'ai entendu la voix de l'employé soudain apparu, il a désigné les vêtements oubliés :

« Tu sais quoi, ces gens, ils viennent au début de l'été ou vers la fin de l'hiver… Ils ramènent leurs affaires et les oublient. On sait pas pourquoi. Papa disait que peut-être ils étaient allés à la mer et qu'ils s'étaient noyés, ou qu'ils étaient entrés dans l'hiver et qu'ils n'en étaient pas ressortis. »

Cherche balcon désespérément

Il y a sept ans, avant qu'elle achète son appartement à Kouba, Selma avait visité un autre appart qui se trouvait dans une ruelle vers l'École des beaux-arts. Une rue presque invisible, la rue Ahmed-Bey-de-Constantine. Et après toutes ces années, cet appartement est revenu la hanter en rêve.

Quand j'ai fait sa connaissance, il y a deux ans, Selma m'a dit que ses rêves et ses affabulations occupaient une part importante de sa vie. Je n'ai pas compris au début. Elle utilisait une expression que je trouvais obscure : « la vie en rêve ». Ce n'est pas qu'elle était somnambule, ni qu'elle passait tout son temps à dormir. En fait, elle parlait de rêves éveillés. Quand on est devenus plus proches, j'ai constaté qu'elle passait le plus clair de son temps chez elle, elle se levait tôt, s'asseyait en tailleur sur le lit et se mettait à concevoir des dizaines de *scénarios** à partir d'événements et de détails infimes. Ça commençait par un petit fil, elle tirait dessus et, peu à peu, c'était une grande pièce de tissu qui se déchirait.

« Je perds la notion du temps… Je m'oublie, je pars dans plein de trucs », m'a-t-elle dit avec anxiété.

Jusqu'alors, toutes ces histoires témoignaient d'une vie intérieure foisonnante qui ne se livrait jamais en public, que

Selma ne partageait avec personne, à part quelques proches qui, par habitude de son charabia fantaisiste et de ses mondes imaginaires, n'écoutaient pas la moitié de ce qu'elle disait.

« Tu veux que je te dise ce que je fais le mieux ? *Soutenir le néant**. Le voilà mon *talent** à moi. »

Mais avec le temps – et à l'insu de tous, y compris de Selma elle-même –, cette vie intérieure a commencé à se glisser à l'extérieur, à flotter dans l'air. On aurait dit une existence parallèle à la vie quotidienne de Selma, jeune femme vivant dans la ville d'Alger, employée dans une entreprise pharmaceutique, touchant un très bon salaire qui aurait pu faire vivre une famille entière. On se voyait beaucoup à l'époque, on sortait, on marchait ou on roulait en voiture jusqu'au port de Tamentfoust, à l'est d'Alger, pour manger du poisson et nous allonger sur le sable en regardant les enfants des pêcheurs nettoyer la petite plage avant le début de la saison, pendant que la brume voilait le visage d'Alger au loin. Ce que je ne savais pas alors, c'était que les affabulations et les rêves de Selma s'échappaient en dehors d'elle et qu'ils la conduisaient comme une aveugle vers des lieux qui étaient prisonniers dans sa tête depuis des années.

***

*Un balcon** – voilà le mot qui a révélé toute l'affaire. Selma m'a confié que ses visions venaient souvent lui rendre visite en pleine journée, elle était persuadée d'être atteinte d'un trouble quelconque qui l'amenait à rêver quand elle était éveillée plutôt que dans son sommeil ; elle avait passé plusieurs semaines assise dans son salon, elle partait dans ses pensées, les images défilaient, elle se rappelait de situations qu'elle avait vécues, elle les démontait et les remontait des centaines de fois. En s'adonnant à cette activité, elle avait fait une découverte : elle avait besoin d'un balcon, une rampe de lancement pour l'imagination, un endroit où elle pourrait s'asseoir ou, simplement, d'une porte-fenêtre à ouvrir pour méditer, bercée par les bruits du dehors, au gré du temps qu'il fait.

Elle m'a parlé des jolis balcons d'Istanbul, c'était comme des jardins suspendus, un espace aux propriétés nouvelles prolongeant l'appartement – ce territoire natal du rêve.

On était en voiture, on descendait de la place Addis-Abeba, elle avait proposé le trajet et, quand on est passés devant le mur d'enceinte du Haut Commissariat de la langue arabe, elle s'est tournée vers la gauche :

« Là… là, y a une maison que j'aime. »

Bien sûr, je n'ai pas pu voir la rue, il faisait noir et j'étais concentré sur la route, elle a commencé à me parler d'un appartement qu'elle avait visité sept ans auparavant – jamais un appart n'avait aussi bien correspondu à l'image de l'endroit où elle aurait aimé vivre. La rue ressemblait à l'intérieur d'une poche, elle était bordée d'arbres et de murs hauts, et cet écrin amortissait le tumulte de la ville.

En plus il y avait un balcon qui donnait sur deux jardins : le parc de la résidence de l'ambassadeur du Maroc et celui du Haut Commissariat de la langue arabe. Elle s'est arrêtée de parler un moment, puis m'a demandé quel était le rôle de ce commissariat, je n'en savais rien. Elle m'a suggéré d'essayer de m'y faire embaucher, l'idée nous a amusés. Je l'ai regardée sourire à la lueur de l'éclairage public sous lequel nous passions. Selma ressemble un peu à une Japonaise, elle a des cheveux fins et lisses, ses yeux deviennent comme deux fentes quand on se met à parler, son visage est petit, ses traits sont délicats et elle n'aime pas son nez parce qu'elle trouve qu'il ne lui va pas.

***

La rue Ahmed-Bey s'allonge comme une veine fine, entre la rue qui descend de la place Addis-Abeba au Télemly et celle qui part de la même place en direction d'El Biar ; on y trouve beaucoup d'immeubles abandonnés. Ces derniers mois, Selma y était retournée, elle s'intéressait plus particulièrement au premier immeuble sur la gauche, l'immeuble de l'appartement de ses rêves. Elle s'y rendait et s'asseyait sur les marches sans trouver le courage d'aller frapper à la porte pour demander si le bien était à vendre.

« Bon Dieu ! », a lâché Selma avec un demi-sourire désolé.

C'est là que j'ai su toute l'histoire. Elle l'avait visité une seule fois, sept ans auparavant. Il y avait quelque chose de suspect avec l'acte de propriété… Le propriétaire vivait en France et le type qui avait procuration pour la vente tardait à lui montrer les papiers, en plus il ne lui avait permis de visiter les lieux qu'une seule fois. Rien de cela n'était rassurant, alors elle y avait renoncé.

Le souvenir de l'appartement ne l'avait plus quittée. Entre-temps, elle s'était installée à Kouba, elle y avait vécu plusieurs mois, y avait fait des travaux, avait acheté des meubles, mais elle continuait à rêver à ce qu'aurait pu être sa vie là-bas, entre les deux parcs. Elle consultait même les petites annonces immobilières sur son téléphone et regardait des photos d'appartements à Alger centre. De vieux appartements, avec de beaux volumes, du parquet et des lustres étincelants, des appartements semblables à d'anciens navires venus de rivages éloignés pour accoster en pleine ville et dont les proues s'étaient transformées en balcons tournés vers l'horizon marin d'où ils étaient venus.

« Je me levais au milieu de la nuit, je passais des heures à me prendre la tête avec ça. »

Elle l'oubliait quelques jours ou quelques mois, mais il finissait par revenir et la hantait. L'appartement habitait ses rêves éveillés comme l'esprit d'un saint prend possession des adeptes qui lui vouent un culte jusqu'à la transe. Deux chambres et un salon. Cent mètres carrés. De grandes fenêtres. Des pièces spacieuses, et le balcon… un monde à lui tout seul.

Elle m'a dit qu'elle avait récemment vu des fleurs au balcon, l'appartement avait dû être vendu… si c'était le cas, il n'y avait plus de problème de papiers.

« Qu'est-ce qui te fait dire que le nouveau proprio voudra vendre ?

– J'en sais rien… peut-être… pourquoi pas ? »

***

On a décidé d'aller le voir, cet appart. Après avoir répété « *non** » des dizaines de fois, Selma a accepté. On s'est retrouvés dans la rue du Bey-de-Constantine un dimanche matin ensoleillé, les gens étaient partis au travail et on a trouvé où garer la voiture après que le policier nous eut demandé de ne pas la laisser devant la résidence de l'ambassadeur.

La porte de l'immeuble était close et on s'est aperçus que les occupants de l'appartement avaient fermé le *balcon** pour en faire une véranda. Selma, plantée au milieu de la rue, était consternée, l'espace d'un instant elle m'a semblé vraiment en colère. J'ai sonné à l'interphone, en vain. J'ai reculé un peu pour voir la façade dont les étages supérieurs caressaient les arbres des deux parcs, c'était un immeuble de quatre étages.

« Ils ont ouvert ?

– Ils n'ont pas ouvert.

– Allez ! On repart, c'est fini…

– De quoi, on repart ? On vient d'arriver. »

On s'est assis un moment devant l'immeuble en attendant que quelqu'un entre ou sorte mais on n'a vu personne à part les conducteurs des voitures qui remontaient la rue.

« Qu'est-ce que t'en dis, on monte voir si y a pas des appartements à vendre ?

– Où ça ?

– Ici, ou là-bas… » m'a-t-elle répondu en désignant les grands immeubles derrière le Haut Commissariat à la langue arabe. Et elle a ajouté pour elle-même : « *Je veux un balcon**. »

On s'est levés et on a longé le mur du Haut Commissariat, le parking était quasi désert ; le portail, rouillé.

« C'est quoi leur travail, ici ?

– Je sais pas.

– Tu pourrais y bosser, toi ? a-t-elle suggéré pour la deuxième fois.

– Humm. Ça risque d'être un peu compliqué.

– Pourquoi ? T'es censé bien te débrouiller en arabe !

– Un peu… je suis pas très bon en grammaire et en vocalisation.

– Moi, au lycée, j'étais forte en arabe. Après, j'ai tout oublié. À partir du moment où j'ai commencé pharmacie, c'était terminé… mais j'aime bien l'arabe.

– L'arabe, c'est sympa… Tout le monde aime sans connaître. »

***

Il y avait plusieurs immeubles collés les uns aux autres, ils étaient vraiment hauts, chacun comptait bien quinze étages. Ils avaient plusieurs entrées et des parkings, dont un en contrebas de l'entrée principale. On a monté les quelques marches du perron et on s'est arrêtés dans le hall, des dizaines de boîtes aux lettres grises nous faisaient face, chacune portait un petit carré orange sur lequel était inscrit un nom de famille.

C'était un vaste hall traversé par un long corridor qui hébergeait des bureaux dont les portes étaient ouvertes. On a lu ce qui était inscrit sur un grand écriteau noir :

الصندوق الوطني للمعاشات
Caisse nationale des retraites

On s'est engagés un peu plus avant dans cette galerie pour observer le ballet des employés et lire les autres inscriptions. Il y avait un panneau blanc :

قسم تعدد الزوجات، والدفع للأجانب
Division veuves multiples et paiement « étranger »

« Mais qu'est-ce que c'est que ce truc ? m'a demandé Selma en riant.

– Oui c'est bizarre, l'intitulé n'est pas du tout le même dans les deux langues. En français, il est question de "*veuves**", a priori les femmes qui ont perdu leur mari, alors qu'en arabe on t'annonce une administration qui s'occupe des secondes épouses… et puis c'est quoi le rapport avec des paiements aux étrangers ? Ils leur paient quoi, tu crois ?

– J'sais pas… Ils leur vendent peut-être des apparts ici. »

On s'est avancés vers un des bureaux, on y a trouvé une femme en hidjab assise devant un vieil ordinateur, Selma est entrée lui demander si l'immeuble était géré par un syndic ou une quelconque agence. De mon côté, je suis resté dans le passage pour appeler mon collègue et le prévenir que je ne viendrais pas travailler.

On cherchait le « *syndicat** », tel est le sésame en usage dans les vieux immeubles algérois – c'est vrai que celui-ci (datant des années 1950 ou 1960) n'était pas aussi vieux que la plupart des immeubles d'Alger centre qui remontent plutôt à la fin du XIXe ou au début du XXe siècle.

Selma est ressortie et m'a désigné les étages supérieurs.

« J'arrive », lui ai-je glissé en éloignant le téléphone de mon visage.

Selma est montée et j'ai terminé mon appel debout devant le panneau des épouses multiples et des veuves. Je me suis lancé à sa recherche une minute après. Je ne savais pas à quel étage elle était, je suis monté jusqu'à la trouver, ce devait être au quatrième ou cinquième.

Il faisait un peu sombre et Selma était debout devant la porte de gauche où se tenait une femme brune aux cheveux courts, et en *jebba* bleue. Je me suis arrêté dans l'escalier pour ne pas encombrer le palier, la femme en robe bleue prenait congé d'une autre dame, qui sortait de chez elle. Une voisine peut-être.

« Porte-toi bien », a lancé la voisine, et elle a monté l'escalier après nous avoir examinés en souriant.

La propriétaire de l'appartement s'est ensuite retournée, elle était vraiment belle. La quarantaine peut-être. Brune, les cheveux très courts, on aurait dit le minois d'un garçon de cinq ans. Un petit nez et des yeux noirs pétillants. Elle avait l'air bien en chair.

« Je te demande pardon, c'est ma voisine, bref… on disait quoi déjà ? », a-t-elle demandé à Selma avant de nous dévisager à tour de rôle.

Selma a dégluti et a risqué :

« Oui… l'appartement… » Elle s'est tournée vers moi et m'a présenté : « Amine, mon mari. »

J'ai souri pour ne pas lui éclater de rire au nez, ce qui aurait compromis nos chances.

« ... et on cherche un appartement dans l'immeuble... on nous a dit que c'était vous le *syndicat*, *madame** Samia, mais veuillez nous excuser, on vous importune peut-être...

– Non, non, absolument pas. Et tu veux acheter ici ? a fait la femme en regardant Selma, le sourcil levé et avec un grand sourire.

– Je sais pas... en fait, j'ai vu un appartement qui me plaisait bien dans le quartier, un peu plus bas, vous voyez... vers *l'ambassade**.

– Vers la résidence de *l'ambassadeur**, ai-je précisé.

– Tout à fait, et c'est un appart que j'ai vu il y a un bout de temps avant que j'achète celui où j'habite actuellement.

– Et tu habites où ?

– À Kouba, Garidi.

– C'est chouette, Garidi ! J'y ai habité, mais j'avais de ces voisins... mon Dieu !

– Ah, *OK**, oui ! Comme je vous disais : je l'ai vu, cet appartement, et il m'a tout de suite tapé dans l'œil, il avait un beau *balcon**, entre *deux jardins** très beaux. Mais j'ai pas pu acheter, y avait quelque chose de pas net avec les papiers, et moi, j'étais pressée. »

*Madame** Samia a opiné avec intérêt.

« Et maintenant, j'ai envie de changer, mais il me faut un *balcon**, j'ai pas de *balcon** là où je suis en ce moment et j'ai très envie d'un *balcon**.

– Pourquoi ça ?

– Ah ! Pour pouvoir me pencher sur le vaste monde.

– Moi, ici, je n'en ai pas. Y en avait un petit dans la chambre de mon fils mais je l'ai fait enlever.

– Ah ! J'ai très envie d'un balcon.

– Et chez toi, c'est bien ? Tes voisins, ils sont comment ?

– Ça va.

– Pourquoi tu veux changer alors ? »

Selma se taisait. C'était comme si toute cette riche vie intérieure avait disparu soudain.

« On veut se rapprocher du centre, je lui ai dit.

– Hé oui ! C'est vrai qu'on est à l'abri du bruit, et tout est à proximité, pour les enfants c'est pratique.

– C'est bien, ça, a fait Selma en souriant. Et vous avez des appartements à vendre ?

– Tu es pressée ? Je sais pas, je suis *syndicat**, moi, tu vois, pas agence immobilière, mais je peux me renseigner. Au *deuxième**, il y a bien une succession, peut-être qu'ils veulent vendre, mais il faut que tu sois prête, tu as les fonds ?

– Presque. Mon appart… faudrait que je le vende pour acheter.

– Oui… S'il faut que tu vendes… c'est un peu compliqué, du coup.

– Oui, je sais, a balbutié Selma.

– Hum. Laisse-moi réfléchir. En plus, si tu l'achètes, cet appartement, t'auras des travaux. Quand j'ai acheté ici, j'ai dû tout refaire. C'est un gouffre, on y passe un temps fou, et ça coûte bonbon. J'ai refait le plafond… mais la grande fenêtre de la cuisine, j'y ai pas touché. Des voisins ont remplacé l'encadrement en bois par de l'aluminium… à éviter ! Il est bien ce bois, il date du temps de la France, moi j'ai juste changé la vitre, c'était du deux millimètres, j'ai fait mettre du cinq millimètres à la place. »

Là, madame Samia rapproche son pouce et son index et plisse les yeux, Selma l'imite, elle la suit avec intérêt :

« Ah ! *Intéressant**…

– N'est-ce pas... mais je te dis pas la galère, en plus ils m'ont collé le *syndicat** d'entrée, je leur ai dit : d'accord. Partout où je vais, je me retrouve syndicat... »

On entend alors un bruit de porte qui s'ouvre dans les étages supérieurs, madame Samia passe la tête par-dessus la rampe et crie : « Bonjour, *'ammi* Fateh ! » Une voix faible lui répond, tout en haut dans l'obscurité.

« On disait quoi, déjà ? Ah ! Une maison, c'est des dépenses, il faudrait que tu aies deux milliards sous le coude... deux milliards et des poussières, pour ne pas rater les bonnes affaires.

– Deux milliards ? » s'étonne Selma, sans regarder madame Samia.

Dans mon coin, je souris, en pensant aux problèmes de Selma avec les prix. Elle s'emmêle souvent avec les dinars et les centimes[1], en plus elle a toujours tendance à penser que les choses sont moins chères qu'elles ne le sont.

Remarquant son désarroi, madame Samia lui propose :

« Tu veux jeter un coup d'œil ?

– Hein... Quoi ? Où ? »

Selma a l'air perdue, elle promène son regard entre madame Samia et moi. Celle-ci recule de quelques pas, elle nous ouvre sa porte avec un beau sourire :

« Chez moi ! »

Elle se retourne et nous invite à la suivre.

On entre dans la cuisine. Le vieux carrelage coloré est éclatant, un plan de travail en marbre court le long d'une grande baie vitrée. Pas d'odeur de cuisine, tout est propre et inondé de lumière. C'est une belle journée, il est un peu plus

---

1. Vestige du passage de l'ancien franc au nouveau franc, à l'époque coloniale ; en Algérie, les prix sont fréquemment formulés en centimes.

de midi. Je commence à sentir la faim. Madame Samia va vers les grandes fenêtres – qui ressemblent à un balcon – et nous dit :

« Ici, tu peux te promener toute nue si tu veux… » Elle part d'un grand rire avant d'ajouter : « Ce bâtiment noir, je l'appelle *le ministère fantôme**, c'est le seul vis-à-vis…

– C'est quel ministère ?

– Celui de l'Industrie… ou quelque chose dans ce genre. Y a jamais personne, mais passons. Regarde plutôt par là… »

Elle désigne un endroit à droite. Avec Selma, nous nous approchons de la baie vitrée. Au-dessus et sur les côtés du ministère des fantômes, la mer nous apparaît, vaste, et reflétant le bleu du ciel.

Nous n'avons jamais vu une mer pareille, tellement bleue et qui scintille sous le soleil.

Je me tiens debout aux côtés de madame Samia, qui relève un tout petit peu sa robe légère, ses mains reposent sur ses hanches. Nous regardons en silence. Selma est sidérée par la vue, elle a les mains sur le marbre, elle ferme les yeux un instant, puis les rouvre.

« Waouh », lâche-t-elle, et elle ne dit rien de plus. Pas un mot jusqu'à ce qu'on sorte de chez madame Samia. On échange nos numéros de téléphone, on la remercie. Quand on descend les escaliers, je demande à Selma ce qu'elle pense de l'appartement et de cette rencontre, je lui dis que j'ai fini par y croire, qu'on était un couple marié à la recherche d'un appartement. Pour seule réponse, elle me dit :

« T'as vu la mer, comme c'était beau ? »

Au rez-de-chaussée, on croise l'employée qui a conseillé à Selma d'aller voir madame Samia, c'est elle qui s'adresse à nous :

« Vous pouvez aller lui parler maintenant, madame Samia vient de rentrer, y a pas deux minutes elle est passée devant moi.

– On la quitte à l'instant, elle nous a fait entrer chez elle, on a causé un bon moment, je te remercie. »

L'employée regarde Selma d'un air étrange. Elle lui demande :

« Attends, avec qui vous étiez ? Chez qui ? Elle était pas chez elle, madame Samia. Je viens de la voir monter, ma sœur ! »

Je regarde Selma, elle me regarde, la jeune femme insiste :

« À quel *étage** vous êtes montés ?

– À quel *étage** on est montés... ? me demande Selma.

– Je sais pas, moi... je t'ai suivie, j'ai pas fait attention. » Puis j'ajoute en me tournant vers la femme : « Le quatrième... je crois.

– Non ! Mais non, ma sœur ! Je t'avais dit le septième. Personne n'habite au quatrième. »

Selma se tait, puis répond, hésitante :

« Je sais pas, moi, je montais et je suis tombée sur cette femme, je lui ai demandé si elle avait un balcon et elle m'a montré sa baie vitrée. C'est sa voisine qui m'a dit que c'était madame Samia, le *syndicat**. »

L'employée est manifestement déconcertée mais, avant qu'elle n'ait le temps de répondre, son téléphone sonne, elle s'excuse et entre dans son bureau pour décrocher. Je reste avec Selma au milieu de la galerie. Les gens vont et viennent. Je la regarde, je souris, elle hésite un peu puis me sourit à son tour, elle me dit :

« Viens, on s'en va. »

Des choses qui arrivent

Les gendarmes – *e'jadarmiya* – paralysent la circulation, on étouffe, les gens n'osent plus sortir de chez eux. C'est ce que dit Zineb tous les soirs quand elle rentre du travail. Épuisée, elle peste après les barrages des forces de l'ordre. Elle s'assied à la table de la cuisine et elle attaque : « Les gendarmes paralysent la circulation, c'est étouffant, les gens n'osent plus sortir de chez eux. »

Tous les six mois, un nouveau barrage des autorités apparaît sur la route qui relie Réghaïa à Alger centre. Zineb croit que la police et les gendarmes veulent couper la banlieue est du centre-ville, je lui réponds que cette séparation est une réalité géographique, et que les dernières communes actuelles de la capitale – Réghaïa et Rouiba – n'en faisaient pas partie il y a vingt ans. Elle me laisse terminer ma phrase, généralement je suis en train de préparer le dîner, elle s'approche des marmites sur le feu, elle hume l'odeur et elle dit :

« Ça n'a rien à voir ! Quand on s'est connus, la route n'était bloquée que le matin. Quand on s'est mariés, ils la fermaient le matin, mais parfois seulement… T'avais les gendarmes qu'une fois sur deux. En ce moment, ils y sont tous les jours et la route est bloquée matin et soir. »

Je ne suis pas directement concerné par les barrages routiers des autorités, en ce moment. Je ne bouge pas de Réghaïa, je suis à la maison le plus souvent et, quand je me déplace pour un rendez-vous ou un boulot, j'utilise le train. On n'a qu'une seule voiture, une vieille Maruti rouge, c'est Zineb qui la prend.

***

Le rail – qu'on appelle *er-reya* avec un « r » légèrement roulé du bout de la langue – coupe Réghaïa en deux, le nord et le sud, le nord s'étendant jusqu'à la mer, et le sud collé à la zone industrielle et donnant sur l'autoroute qui mène à Alger centre. J'ai vécu presque toute ma vie du côté nord, à Hay el-Ouancharis, qu'on appelle aussi le DNC, du nom d'une entreprise publique de construction qui a réalisé des centaines de cités à travers le pays. C'est là que j'ai grandi, que je suis allé à l'école, que j'ai traîné.

Je ne vis du côté sud que depuis qu'on a quitté Hussein Dey, avec Zineb, il y a quelques mois, pour venir nous installer à Réghaïa dans l'appartement de *madame** Belamri – une amie de ma mère, qui a aussi été ma professeure de français au lycée. Un petit appartement, une porte d'entrée ouvrant sur un salon de neuf mètres carrés qui donne sur une cuisine encore plus petite, une salle de bains minuscule et une chambre de huit mètres carrés. Tout le quartier est pareil, il a été construit dans les années 1950, des clapiers. Nous, ça ne nous dérange pas, c'est un espace qui nous suffit, à Zineb et à moi, ce qui n'est pas le cas des familles qui habitent la cité depuis des années, je ne sais pas comment on fait pour se mouvoir et vivre à quatre ou cinq dans ces appartements.

Le loyer était modeste, *madame** Belamri est à longueur d'année chez son fils et sa fille en France. La nuit, quand il y a moins de circulation et moins de monde dans les rues, seule me parvient la rumeur des voitures qui filent sur l'autoroute et je me plais à imaginer que j'entends le bruit d'un fleuve.

Réghaïa est aux confins – trente-trois kilomètres ce n'est pas une si grande distance, mais les embouteillages sur les routes conduisant au centre d'Alger en font un calvaire quotidien. En train, Réghaïa est la dernière gare dépendant administrativement d'Alger, côté est, mais aussi la plus importante en nombre de voyageurs. Ici, les gens répètent une expression qui existait déjà dans les années 1980 : « *Teb' er-riya toussal Reghaïa* » – « Suis les rails, t'arriveras à Réghaïa. »

***

Je n'ai pas beaucoup de travail depuis quelques mois. Je vis sur mes économies de l'année passée, c'est aussi pour ça qu'on s'est rabattus sur Réghaïa. La dernière fois que j'ai eu du travail, c'était pour un enregistrement studio – un groupe de rap d'El-Harrach : Bouroubaz. Je prenais tous les jours le train avec mon petit sac de matériel. On finissait d'enregistrer tard la nuit et ils ne m'ont jamais raccompagné, alors qu'il y avait des voitures pour tourner le clip. Je commandais un taxi et je rentrais. En plus, la boîte de production ne m'a pas payé particulièrement bien.

Ces temps-ci, j'essaie de mettre mon matériel en location, la pratique est courante – quand tu ne fais pas la guerre, loue tes armes. Sinon, je sors avec la seule arme dont je ne me sépare pas : un enregistreur Zoom H4 ; je traverse la ville et j'essaie de capturer des sons. Sifflement des trains. Frottement des roues sur les rails. Signal de fermeture des portes. Voix des marchands et conversations. Je trimbale mon Zoom partout. Le but de tout ça est un peu confus dans ma tête, mais disons pour aller vite que j'ai envie d'enregistrer les bruits de mon patelin et d'en faire quelque chose, un documentaire audio qui entraîne l'auditeur dans un parcours sonore de la ville.

On est dehors, on marche vers le centre de Réghaïa. La rue serait bien vide si on ne croisait pas les lycéens ; on longe, à droite, les quartiers résidentiels, les immeubles et, à gauche, les usines. Vers le milieu de cette rue, on prend sur la gauche *trig ez-zouafra* – la rue des racailles. C'est un endroit qui peut être dangereux, il sert de raccourci mais aussi aux règlements de comptes, pour fumer de la *zetla*, ou pour baiser derrière une ruine. La rue est étroite et s'étire entre les entrées de service de plusieurs usines, elle donne sur la grille de la voie ferrée ; là, quand on prend la passerelle, on rejoint l'autre côté du bourg, la gare, le marché, les cafés, la petite station-service, avant d'aboutir au lac, plus loin à l'est, avec la mer en arrière-fond.

***

Ce matin, je suis sorti faire quelques emplettes nécessaires pour la cuisine et la maison. Réghaïa dispose d'un bon marché. Je n'ai pas envie d'enregistrer n'importe quoi. Après avoir fait un petit tour dans les allées et acheté deux kilos de mandarines, deux cent cinquante grammes d'olives noires et une boîte de *camembert** Tassili, j'attends, debout comme tout le monde, le minibus qui me ramènera chez moi. Avant qu'il arrive, je reçois un appel de Zaki que je n'ai pas vu depuis qu'il a quitté Alger il y a un an, il vit à Oran maintenant.

« Salut, *Moulay*. » Zaki ponctue toutes ses phrases du mot *Moulay*, « mon Seigneur ». Je ne sais pas où il l'a dégoté, peut-être sur le plateau de tournage d'un quelconque feuilleton historique.

« Salut, tonton. Tu vas bien ?

– Ça va, ça va. Y a un bout de temps qu'on s'est pas vus, t'es où ?

– Réghaïa.

– Où ça, à Réghaïa ?

– Pourquoi ? Réghaïa, c'est Réghaïa !

– J'y suis aussi, à Réghaïa. »

Je ne m'attendais pas à une telle réponse :

« Réghaïa ? Pourquoi ? Comment ?

– Rejoins-moi, on en parle de vive voix. J'suis pas loin de notre café d'avant. Dans une Clio bleue. »

Je regarde ma montre : 10 h 30. Cet appel inattendu me surprend. J'avise les sachets, légers, que j'ai dans les mains, je me mets en route. Quand j'arrive au café de la placette, je repère la vieille Clio bleue immatriculée en 1997, elle est garée sur le côté de la place. Zaki sort quand il me voit dans le rétroviseur. Il a une tignasse blonde ébouriffée, une barbe peu fournie et porte des lunettes de soleil rondes, comme toujours. Une grosse masse de cheveux qui rigolent. Il porte un *T-shirt** bleu, avec un motif blanc : une photo de Bruce Lee. Il est de taille moyenne, et il a les épaules larges. On se tombe dans les bras, puis je remarque qu'il n'est pas seul.

Deux femmes. L'une est assise à l'avant, l'autre à l'arrière.

« Leïla... Anne... », il me dit.

Leïla est à l'avant et Anne à l'arrière. Leïla est une brune à la peau foncée, je distingue mal ses traits qui sont dissimulés par de grandes lunettes de soleil. Anne, quant à elle, a un petit visage – petite bouche, petit nez et petits yeux en couleur. Une bouille de chat. Plus tard, je remarquerai les taches de rousseur éparpillées sur ses pommettes et son nez.

« *Mon ami Yahya* ! », dit Zaki en français, tout en m'invitant à monter dans la voiture.

J'avance et leur serre la main à travers la portière et la vitre, puis je monte à côté d'Anne. On échange des politesses et des questions de circonstance, Zaki me dit qu'Anne est française, il me demande ce que j'ai prévu de faire ce jour-là. Je lui réponds que je n'ai rien au programme, à part préparer à manger et regarder un film. Anne m'observe en souriant. Elle porte un chemisier bleu et ample, et un vieux jean. Les manches de sa chemise sont remontées et découvrent la blancheur de ses longs bras recouverts d'un léger duvet blond. Je remarque ses poignets, fins aussi, puis ses doigts tout aussi fins et allongés. Elle a les ongles courts et propres.

Je ne comprends pas pourquoi je suis là, je me dis que Zaki doit travailler sur un quelconque projet avec les deux jeunes femmes. Pourtant, aucune trace de matériel de prise de son dans la voiture, je suppose qu'il l'a mis dans le coffre. Zaki jette un coup d'œil à son téléphone. Il se tourne vers moi en enlevant ses lunettes. Il a toujours les mêmes yeux fatigués. Il va se lancer dans des explications. Anne est photographe, elle a fait un voyage en Algérie dix ans auparavant, au printemps 2003, elle a vécu et photographié le tremblement de terre de Boumerdès. À l'époque, elle a circulé entre Boumerdès et Réghaïa, et a pris en photo les immeubles endommagés ou ceux qui se sont écroulés. Ruines, pyramides de gravats, tout ça, quoi. Elle est revenue au début de cette année afin de reprendre en photo les mêmes lieux dix ans après. J'interroge la jeune femme sur les raisons de son intérêt, elle me dit qu'elle est attachée aux histoires de ses amis en Algérie, je questionne encore, j'insiste, et elle répond que d'autres amis, du Centre culturel français – parmi lesquels Leïla – lui ont commandé une exposition sur le tremblement de terre.

« Aha... », je m'exclame alors qu'elle conserve son sourire calme.

Zaki finit par lâcher qu'il a besoin de moi pour un petit boulot. Il travaille en tant que fixeur avec Anne et Leïla depuis une semaine, ils voient des gens, enregistrent leurs histoires en lien avec le tremblement de terre. Anne veut réaliser, en plus, un document sonore sur son expérience de terrain et sur la phase de prise de vues. Ils ont visité des endroits à Boumerdès, des sites reconstruits par l'État, et aimeraient que je les mène à une plage dont j'ai parlé à Zaki il y a quelques années, où les autorités de la wilaya de Boumerdès se sont débarrassées des décombres des immeubles, tout ce qui s'était effondré.

« Tu te souviens? », me demande Zaki, puis il ajoute: « *Moulay.* » J'acquiesce.

« Super! », jubile Leïla comme une petite fille à qui on permet de s'asseoir à l'avant de la voiture. J'y réfléchis un peu mais Leïla interrompt le fil de mes pensées en répétant à plusieurs reprises que ma journée de travail sera payée et qu'ils n'abuseront pas de mon temps. Je lui souris et je dis à Anne qu'elle peut commencer à prendre des photos de là où on se trouve, elle ne comprend pas où je veux en venir.

« *On a aménagé cette placette là où deux immeubles se sont effondrés lors du dernier séisme** », je lui dis.

La surprise règne dans la voiture, je trouve la situation ridicule, Zaki confirme et avoue que ça lui était sorti de la tête. En un clin d'œil, Anne se saisit de son appareil photo et s'apprête à sortir, mais Zaki la retient parce qu'on est à cinquante mètres d'un commissariat:

« *Je vais faire un tour, essaie de prendre des photos en gardant la vitre à moitié baissée**. »

Il met le moteur en marche tout en surveillant la rue dans le rétro. Anne ouvre sa vitre à demi puis m'adresse un regard reconnaissant, j'ai envie de leur dire que je préfère rentrer à la maison, faire la cuisine, regarder un film et dormir. Les bruits de la rue entrent par la vitre – bruissement des arbres agités par le vent, les voix des magasins proches. Zaki démarre en se faufilant entre deux voitures et commence à faire lentement le tour de la placette.

***

Il y a dix ans, il n'y avait pas d'embouteillages dans la région, pourtant les barrages des forces de sécurité contrôlaient déjà les accès extérieurs de la ville. C'était avant que Karim parte en France et qu'on se perde de vue avec Mourad. On se retrouvait dans la première rue en descendant de la gare, avant la poste, on l'appelait la « rue du tennis » parce qu'il y avait un petit court de tennis quand on avançait un peu. Impossible d'y arrêter ta voiture en journée. Tu aurais bloqué la circulation et tu te serais fait remarquer par les dizaines de personnes qui attendent leur tour au bureau de poste, la police serait arrivée et aurait embarqué ta voiture. Par contre, dès l'heure de l'*Icha*, une fois la nuit tombée, personne ne passe plus par là.

On était en première année de fac à l'époque. Mourad nous attendait dans sa voiture et on filait à Hussein Dey pour acheter de la *zetla*, du shit qu'on rapportait tous les soirs en passant les barrages.

Huit heures du soir – c'est l'hiver –, je suis à l'avant de la Matiz jaune et, comme à chaque fois, au bout de la rue, juste après le court de tennis, au niveau de la société Tahkout, je lis la pancarte blanche qui pointe à droite : Alger, trente-trois kilomètres.

Je ressens alors une joie secrète, qui me fait sourire.

Tout ça n'a pas duré longtemps, nos chemins se sont séparés au bout de trois ans d'études. Karim a émigré, la vie nous a happés, Mourad et moi, chacun dans une direction différente, et je me suis retrouvé seul, à prendre le train, à déambuler ici et là, et à chercher de quoi satisfaire ma soif de vivre. Et puis un jour, mon existence a croisé celle de Zaki. J'étais assis dans un café qui n'a pas de nom, près de la rue Victor-Hugo, quand il est venu s'asseoir à ma table, il a engagé la discussion autour de la musique, puis m'a demandé gentiment si je voulais bien qu'il enregistre ma voix. C'est alors qu'il a sorti le Zoom, c'était la première fois que je voyais un instrument pareil.

« Et tu veux en faire quoi, de ma voix ? je lui ai demandé en hésitant entre suspicion et curiosité.

– Rien… J'aime enregistrer la voix des gens », a-t-il dit avec un accent de sincérité.

Ce fut la première leçon : ne trompe personne en l'enregistrant à la sauvette, ne prends personne en photo à son insu. Fais face, frotte-toi aux autres, parle-leur, établis une relation, après, seulement, demande-leur l'autorisation ou prends l'initiative, si tu les sens en confiance. C'est exactement comme embrasser une femme, pas de baiser volé, établir le contact, puis agir avec spontanéité.

C'est ce jour-là que je suis passé de l'autre côté, je suis devenu le type qui appuie sur le bouton « Enregistrer » et qui veille à ne pas faire le moindre bruit pour ne pas parasiter la voix qui parle. En deux jours, Zaki m'avait appris à utiliser l'enregistreur, à tenir un micro et à l'aider pour des prises de son sur des tournages plateau. Il disait que j'étais grand et que j'avais les épaules larges, ce qui me donnait la « carrure de l'emploi ». Il avait utilisé le mot français *carrure** et j'avais d'abord cru entendre *carrière**, me rendant compte de ma méprise, je m'étais dit qu'on pouvait glisser d'une *carrure** à une *carrière**. On ne s'est plus quittés à partir de ce jour-là, moi tenant les micros et lui me suivant et orientant mes déplacements :

« … Vers la droite… plus à gauche… avance… recule… ne bouge plus… stop ! Vas-y ! »

Avec le temps, j'ai appris à l'assister au montage et, progressivement, il m'a confié des prises de son, seul, sur des plateaux de tournage de publicités et de courts métrages. J'ai oublié ce que m'avait enseigné l'université et j'ai suivi des formations en audiovisuel. J'ai travaillé de plus en plus seul, Zaki s'est petit à petit retiré du circuit, il est allé s'installer à Oran – il trouvait la vie à Alger ennuyeuse, elle lui pesait. On a réussi à conserver une relation solide malgré la distance.

Deux ans après ma rencontre avec Zaki, j'ai croisé la route de Zineb. Grande brune, au petit visage où tout était petit, y compris le nez, petit nez retroussé. Le nez est gardien du jardin du visage, dit un vieux poème. Elle enseignait l'anglais dans une école privée, essayait de s'inscrire en *doctorat** et ne voulait pas retourner à Tiaret, sa ville natale, qu'elle avait quittée après le bac. Nous sommes sortis ensemble, puis nous sommes rentrés ensemble. Je l'ai emmenée à Oran pour une fête organisée par Zaki, à la fin de la soirée elle a dansé sur un *remix** d'une vieille chanson de raï :

Wana lebhar 'liya wenti la… zid yal kawini zid
Ettefah tayeb wana qaluli khdar… zid yal hareqni zid

Que la mer m'emporte mais pas toi… encore consume-moi encore
Les pommes mûres, on m'a dit qu'elles étaient vertes… brûle-moi encore

Elle m'a cherché des yeux et, quand nos regards se sont croisés, elle m'a souri et j'ai su que c'était elle. On s'est mariés peu de temps après.

On a tenté le coup de vivre près d'Alger centre, elle travaillait et je pouvais continuer à voir mes copains, toucher mon argent auprès des boîtes de production installées au centre-ville. On a tenu un an et on a battu en retraite. On a trouvé un appartement moins cher. Je suis revenu dans la banlieue qui me ressemble. On s'est repliés aux frontières d'Alger. À Réghaïa. Le dernier bastion oriental de la ville.

Dix années entières sont passées depuis le tremblement de terre ; à l'époque, les routes pour Alger centre étaient peu fréquentées et ma vie commençait à se déployer hors de Réghaïa. Me voici aujourd'hui de retour. Rien n'a changé, sauf que je suis parti seul et que je suis revenu avec un enregistreur Zoom et en compagnie d'une femme.

Même Mourad et Karim appartiennent au passé. Karim, je ne l'ai pas revu depuis qu'il a quitté le pays, et ma dernière rencontre avec Mourad remonte à ma visite au *cybercafé** qu'il tient à Rouiba. Il y travaille depuis des années, c'est ce qu'il m'a raconté, il s'est marié, a acheté une voiture et a enterré le doux rêve de changer de métier et d'améliorer son cadre de vie. Mourad est brun, il a un corps d'athlète et un joli rire, il ne parle pas beaucoup, par contre rien ne lui échappe sous la casquette qui reste vissée sur sa tête. Le *cyber** était presque désert ce matin-là, trois ou quatre clients tout au plus. Les humains ne sont pas maîtres de leurs matinées, l'école et le travail étouffent tout. On a un peu parlé de Karim, il m'a dit qu'il avait perdu sa trace lui aussi et puis, comme s'il reprenait une vieille conversation, il a ajouté :

« Tu vois le minot là-bas ? en désignant un jeune en veste rouge assis au fond du *cyber**.

– Ouais… qu'est-ce qu'il a ? »

Le jeune gars regardait quelque chose sur l'écran, la tête posée sur une main, il était installé au dernier ordinateur, presque dans le noir. Mourad m'a dit qu'il venait tous les jours. J'ai essayé de deviner ce qui passait sur l'écran : *porno** ? site djihadiste ? Quand le môme s'est levé, Mourad m'a demandé de bien regarder ses yeux. Ils étaient un peu rouges. Il n'a pas lâché un mot. Il a posé l'argent sur le *comptoir** et il est sorti.

« Alors quoi ? j'ai fait à Mourad.

– Il vient tous les jours, il s'assied pendant une heure et il chiale, la tête baissée. Et tu sais ce qu'il mate ? Le match de l'Algérie contre l'Égypte, en 2009. » Et il a ajouté d'un ton moqueur : « L'épopée d'Oum Dourman, commentée par Hafid Derradji. Des choses qui arrivent ! »

Quand je suis rentré à la maison, ce jour-là, je suis allé sur YouTube et je me suis passé le match. Je me souviens bien des circonstances dans lesquelles je l'avais regardé en direct. Mais là, au bout de cinq minutes, je ne ressentais rien, j'aurais voulu pleurer tout aussi facilement que ce gosse. J'étais seul dans l'appart. Des fois, ça n'arrive pas.

***

Je n'ai jamais été très bon en maths mais ma mère a veillé à ce que j'apprenne les tables de multiplication, je ne les ai jamais oubliées. Du coup, quand Zaki et Leïla se sont emmêlés dans la conversion de certains frais en euros, sur la route de Boumerdès, je leur ai donné le résultat avant que Leïla n'accède à la calculatrice sur son téléphone.

Sortir de Réghaïa et rouler vers Boumerdès donne l'impression de glisser à contre-courant. La route est dégagée, aucun barrage avant l'entrée de Boumerdès, là, on tombe sur un barrage de gendarmerie qui ralentit peu, le reste du trajet est fluide, tout le contraire de la route vers Alger centre, en sens inverse, qui bute sur un énorme barrage à la frontière administrative est de la capitale, Réghaïa.

Il fait beau, on s'est mis d'accord sur mon salaire pour la journée avec Leïla et Zaki, je ferai fonction de fixeur moi aussi et les emmènerai à la plage de *Rocher pourri**. Je n'ai plus travaillé avec Zaki depuis un moment, cinq ans, quatre, et voilà que je me laisse entraîner par lui en toute simplicité, comme au premier jour. C'est beau de sentir la voiture avancer sans entrave et sans devoir attendre dans une longue file pour passer devant des soldats ou des gendarmes à cran. À la mi-journée, on est arrivés à Boumerdès.

Annc rcgardc à travcrs la vitrc, l'apparcil photo rcposc sur ses genoux, Zaki reste muet, il est concentré sur la route, Leïla pianote sur son téléphone. Boumerdès est une ville aérée, avec de larges avenues, des trottoirs spacieux et des rues qui descendent toutes vers la mer. On franchit les petits barrages de la police, on dépasse les jolis cafés à jardinets fréquentés par des étudiants, filles et garçons, on passe près de la gare et au milieu des quartiers qui ont connu le tremblement de terre et lui ont résisté. Anne fait des commentaires sur certains endroits que nous traversons. Elle est venue déjà, et elle a pris des photos depuis la voiture parce que la wilaya a rejeté sa demande de photographier des lieux publics. Zaki propose qu'on s'arrête acheter de l'eau et une bricole à manger.

On choisit un resto syrien parce que Anne est végétarienne, c'est Zaki qui propose l'endroit pour qu'on lui prenne un sandwich de falafel. Après avoir réfléchi quelques secondes, je me décide pour un falafel moi aussi. Je descends avec Zaki, on parle un peu, il m'explique l'idée et le projet, ce qu'il en pense, je trouve que c'est toujours la même histoire avec le Centre culturel français, ils ont le chic pour inviter le premier Blanc venu et lui commander un projet quelconque sur l'Algérie, deux mots et trois photos font une expo, c'est de l'art. Zaki me dit qu'Anne est quelqu'un de bien, et Leïla aussi – même si elle a tendance à se présenter comme une experte pour tout ce qui concerne l'Algérie, alors qu'elle n'y vient que depuis quatre ans.

J'aime la manière dont Zaki livre son avis sur les autres, sans aigreur ni compromis, avec la neutralité et la précision du scalpel, il te dit qu'untel ou unetelle est quelqu'un de bien, qu'il bosse avec lui ou elle, qu'il lui loue sa force de travail et son savoir-faire technique mais qu'il n'adhère pas à sa manière de voir une question ou une idée donnée. En raccourci, Zaki loue ses bras, pas sa tête.

On a rapporté la nourriture et l'eau, puis on a démarré droit vers l'est, en direction de *Rocher pourri**.

***

Je garde le silence tout au long du trajet vers la plage. C'est une journée printanière de décembre. La vitre est baissée, elle laisse entrer les rayons chauds du soleil et un air vif qui me caresse le visage et les cheveux. J'ai l'impression de me retrouver au cœur du bruit du fleuve que j'imagine tous les soirs, j'entends presque le grondement du courant tout autour de nous, au-dessus, en dessous.

Une journée splendide et nous nous évadons de la ville, direction la mer. Ce job vient à point nommé même si je n'aime pas l'idée d'être fixeur. Ça peut s'avérer très risqué. J'ai un ami qui a été fixeur auprès d'un journaliste américain de *Vice*, venu en Algérie pour faire un reportage sur une nouvelle forme de toxicomanie, la consommation d'un tranquillisant, le Lyrica, que les gens dans la rue appellent *saroukh*. Le journaliste ne bougeait pas de son hôtel, et attendait. Tous des menteurs, ils font croire à leur patron et aux lecteurs, chez eux, là-bas, qu'ils s'aventurent dans les villes du tiers-monde. Pour revenir à ce journaliste, il a bossé avec mon ami en lui faisant faire tout le boulot, il lui dégotait des rendez-vous avec des consommateurs et des trafiquants, et il est même allé, la dernière semaine, jusqu'à acheter des cachets. Il est tombé par hasard sur un contrôle dans le métro, il a été fouillé alors qu'il avait une plaquette sur lui. Il a été mis en prison. Le journaliste a ramassé ses affaires, est retourné chez lui, a écrit une longue enquête sur la jeunesse perdue de l'Algérie et a évoqué mon ami en prison en deux mots à peine, à la fin de l'article.

Des choses qui arrivent !

Après les plages et le centre de repos pour familles de l'armée, à la sortie est de Boumerdès, un chemin de terre long et sinueux, bordé de figuiers de Barbarie et de roseaux, débouche sur un parking en terre improvisé donnant sur la mer.

La plage est abandonnée, le rocher pourri est toujours à sa place et, en face, sur un talus, s'étalent les ruines du tremblement de terre dont la wilaya s'est débarrassée il y a plus de dix ans. On descend l'étroit chemin de terre vers le rivage. L'eau est un peu agitée et bleue, j'ai laissé ma veste dans la voiture, j'avance avec Anne qui porte un chapeau. Je lui explique en deux mots l'histoire de ces ruines telle qu'elle m'a été rapportée par des amis. Les blocs de béton et les briques ont conservé un peu des peintures extérieures et intérieures des logements, blanc et bleu surtout, en dépit des années d'humidité, de soleil et de pluie. Elle m'écoute calmement, puis s'avance, suivie par Zaki, vers le monticule sur lequel s'entassent les gravats. Elle effectue des réglages sur son appareil photo. J'enlève mes chaussures et je marche vers l'eau.

***

À midi, Zineb m'appelle, je suis assis sur la plage, en train de manger avec Zaki, Anne et Leïla. Elle me dit qu'elle va passer la nuit chez sa copine Sanaa. Une manifestation a bloqué la route ce matin et, demain, elle doit rejoindre tôt son centre d'examens, elle ne veut pas prendre le risque d'être en retard, ni se lever à l'aube pour éviter les bouchons. Je l'écoute sans rien dire, je m'écarte des autres, mon silence se prolonge, je réfléchis aux risques qu'on est obligé de prendre, en effet, quand on vit en dehors des murs de la ville.

« T'écoutes ?

– Je t'ai écoutée…

– Ouais… La route est fermée.

– Je bosse aujourd'hui, un plan de dernière minute avec Zaki.

– Zaki ! Et où ça ?

– Fixeur… Boumerdès… je te raconterai plus tard.

– OK… *bisou**. »

Je coupe et me retourne, je suis à une vingtaine de mètres d'eux, je vois Zaki appuyé sur un coude, il regarde la mer, Anne mange et Leïla raconte quelque chose, une pomme à la main, la nourriture est posée sur une natte bleue étalée entre eux, à l'arrière-plan la mer semble prolonger cette natte à l'infini. Je les observe mais leurs voix ne me parviennent pas, elles sont couvertes par le bruit de la mer et du vent. On dirait un tableau ou une scène de cinéma. Je repense au premier conseil, premier enseignement dispensé par Zaki quand je commençais à travailler avec lui, il y a des années :

« C'est dur de choper la voix de la mer. »

Au début je n'ai pas compris. J'essayais d'enregistrer le bruit de la mer et je n'y arrivais pas. Je l'entendais distinctement au moment de la prise de son mais je ne le retrouvais pas quand j'écoutais l'enregistrement. J'ai dit à Zaki que le vent brouillait le son, il m'a répondu que j'essayais de capter le bruit de la vague plutôt que celui de la mer, et que c'était pour ça que je ratais mon coup.

À l'époque, on participait à un tournage à Béjaïa. Le café qui donnait sur la plage était décoré avec de gros coquillages. Zaki en a pris un beau et me l'a posé sur l'oreille :

« T'entends quoi, là ? »

Ce que j'entendais était un son qui venait de loin, on aurait dit une avalanche, la naissance d'une grosse vague, le bruit du tremblement de terre tel que je l'ai entendu en 2003. Zaki m'a dit que c'était ça que je devais saisir. Le bruit d'une vague qui se forme, celui de son approche, la voix du courant, du mouvement.

J'ai reculé de deux pas, j'ai pris une photo du déjeuner sur la plage.

***

« *Coquillage**… »

Leïla égrène ces trois syllabes, elle tourne sur elle-même en soulevant sa robe de gitane pour ne pas la faire traîner dans le sable. Elle cherche des coquillages, de grands coquillages pour en faire des cendriers. Elle nous raconte que c'est sa lubie ces derniers mois, faire des cendriers avec tout et n'importe quoi. Aujourd'hui, ce sera des coquillages.

Anne parle avec Zaki des décombres, ils marchent vers l'est, puis vers l'ouest, ils arrivent à gravir la pente jusqu'aux ruines, ils observent le soleil et le déplacement des nuages à la recherche de la meilleure lumière. Anne a pris des photos sous différents angles. Je commence à m'ennuyer, il est plus de 16 heures. Je ramasse les restes du repas dans un sac en plastique. Jeu de questions-réponses : Anne me demande si je veux lui raconter mon expérience du tremblement de terre de 2003, comment je l'ai vécu, je réponds que non.

Leïla s'approche d'elle pour regarder les photos, je vois Zaki aller à la voiture, il sort un objet du coffre puis se dirige droit vers l'eau, c'est l'enregistreur qu'il tient. Zaki utilise un Zoom H5, il a plusieurs modèles de cette *marque**, mais il préfère le H5, noir et petit, de la taille d'une main. Il branche un casque sur l'appareil, il est debout à l'endroit où meurt l'écume, il se penche un peu en avant et tend prudemment sa main vers la mer, comme si c'était un animal qu'il s'apprêtait à nourrir ou dont il voulait caresser la tête, une énorme bête qui s'étend à perte de vue et engloutit l'horizon. Sa main suit le mouvement des vagues, comme s'il s'était enfin décidé à hypnotiser l'animal. Son autre main posée sur le casque collé à ses oreilles, il attend maintenant. Je l'ai vu dans cette position des centaines de fois, dès qu'il se retrouve face à la mer, il sort l'enregistreur et tente sa chance, il essaie de capturer la voix de la mer.

***

On s'est préparés à repartir. Le temps a changé, le soleil a disparu graduellement, le froid et les embruns sont tombés. J'ai demandé à Zaki s'il avait réussi à choper la mer et il a répété en souriant le même proverbe qu'il attribue à sa grand-mère : « *Rabi yqul es'a ya 'abdi wana n'awnek* » – « Dieu dit à son serviteur : aide-toi, le Ciel t'aidera » ; on verra bien ce que ça donne.

On a traversé Boumerdès sans être trop ralentis et on est entrés sur l'autoroute ; au bout de quelques kilomètres, on a été bloqués par un accident pendant quarante minutes.

La route et les voitures étaient noyées sous la pluie et l'ennui, on parlait de tout et de n'importe quoi. Je me suis dit qu'Anne pourrait lancer un projet photo sur les embouteillages en Algérie. La nuit tombait, les jours étaient courts, on a entendu à la radio qu'il y avait une manifestation quelconque, quelque part entre Boumerdès et Alger. Une manifestation de plus et toutes les compagnies de gendarmerie sortiraient sur les routes. J'ai tiré des mandarines du sachet et leur en ai proposé. Leïla était assise à côté de moi, occupée à écrire des e-mails sur son portable qui chargeait sur l'allume-cigare. Elle m'a regardé et m'a demandé avec une douceur exagérée, et dans un arabe de Paris, si j'étais disposé à lui éplucher une mandarine :

« J'aime ça, mais j'aime pas éplucher. »

Je lui en ai épluché une, elle l'a prise et, toute joyeuse, m'a offert deux gros coquillages en échange, je les ai mis dans ma poche.

On est arrivés à Réghaïa vers 19 heures et on a été freinés par le célèbre barrage local, la frontière administrative de la capitale, mais cette fois j'ai proposé un raccourci. Zaki ne connaît pas ces routes – l'est d'Alger –, je l'avais guidé pendant toute la journée, je m'acquittais en quelque sorte d'une petite part de la dette qui remonte à l'époque où il me faisait faire mes premiers pas sur les plateaux de tournage mais aussi dans la vie, en répétant ses continuels : … à droite… à gauche… que j'ai repris ce jour-là, sans en rajouter, à travers les routes étroites et encombrées de la banlieue est. J'ai proposé qu'on aille tous chez moi, le temps que la circulation se débloque. De toute manière, ils devaient entrer dans Réghaïa pour me raccompagner. Ils pourraient se rafraîchir, manger quelque chose et se reposer un peu avant de repartir. Tout le monde a accepté, on a contourné le barrage et on est entrés à Réghaïa par la zone industrielle, deux minutes plus tard Zaki garait sa voiture sous mes fenêtres.

Noir total. Une coupure d'électricité. J'ai ouvert la porte à la lueur de leurs portables, je les ai conduits au salon. Ils se sont répartis sur les deux canapés et, moi, je suis allé dans la cuisine pour déposer les courses et chercher des bougies, il y en avait deux et je me suis rappelé les bougies de toutes les couleurs que Zineb met sur la petite table du salon pour faire joli.

J'ai allumé les deux plus grandes, j'en ai laissé une dans la cuisine et j'ai porté la deuxième au salon. J'ai demandé à Zaki d'allumer les autres. Il m'a pris la boîte d'allumettes des mains et a commencé à les allumer en fredonnant :

Chem'a wahda ma tgessar setta seb'a yesabihou

Une seule bougie ne délie pas les langues six ou sept vont jusqu'au matin

Anne et Leïla gardaient le silence. Je leur ai indiqué les toilettes et suis retourné dans la cuisine. J'avais une salade de crudités, que j'ai sortie du frigo, j'y ai ajouté une boîte de thon et j'ai mis une poignée d'olives et le camembert dans deux petites assiettes. J'ai allumé le four à gaz pour faire cuire une belle aubergine – l'idée la plus simple pour tromper la faim en fumant et en buvant. De là où j'étais, le vacillement de la flamme des bougies dans le salon faisait penser à un incendie vu de loin. Il n'a pas fallu cinq minutes pour que l'aubergine soit prête, je l'ai pelée et écrasée dans une assiette avec une fourchette, avant d'ajouter un peu de *crème** d'ail et trois grosses cuillerées d'huile d'olive. Leïla est entrée dans la cuisine, elle m'a demandé si j'avais besoin d'aide, je lui ai dit que tout était prêt. Elle a apporté avec moi les assiettes de *kemia* au salon. Zaki avait commencé à rouler une cigarette, j'ai d'abord cru que c'était du tabac, puis j'ai senti l'odeur.

On a englouti les *kemia*, épluché les dernières mandarines, bu beaucoup d'eau, et nos corps se sont détendus dans les canapés. Zaki a allumé deux joints, il en a passé un à Anne et nous nous sommes partagé l'autre avec Leïla. J'ai sorti les deux coquillages de ma poche, ai posé le premier devant Anne et Zaki et j'ai gardé l'autre dans ma main. Au bout de la deuxième bouffée, j'ai senti que des choses commençaient à s'ouvrir en bas de mon crâne, les bougies de Zineb étaient toutes petites et brillaient dans des verres multicolores, leurs faibles éclats continuaient à danser sur les murs du salon.

Une demi-heure plus tard, j'étais d'équerre.

***

On ne parlait pas. Zaki était le seul à rouler les joints qu'il nous passait, à Anne et à moi. Au troisième, Leïla a posé la tête sur mes cuisses et étendu ses jambes sur le canapé. J'ai attrapé le joint et le lui ai passé. Les choses se sont enchaînées toutes seules. J'ai glissé ma main dans ses cheveux, les ai malaxés entre mes doigts. Ils étaient pleins de sable, doux et longs comme la nuit. On a fumé le dernier joint sans avoir envie de le finir. La clarté faible des bougies n'arrivait presque pas jusqu'au visage que je voyais à quarante centimètres, visage brun aux traits fins, et ce nez ! J'ai regardé un long moment ce nez. J'ai fermé les yeux, puis les ai rouverts. C'était le nez de Zineb, son visage. Je n'ai rien dit. Je ne lui ai pas demandé comment elle s'était retrouvée là. J'ai pensé à Leïla. Où avait-elle disparu ? Comment Zineb avait-elle pris sa place ? J'ai délicatement posé le cendrier sur son ventre et, avant que j'aie le temps de relever la main, elle l'avait saisie pour la poser contre elle. Elle l'a caressée lentement. Ses doigts ont remonté les veines saillantes qui longent l'intérieur de mon bras. J'ai à nouveau regardé son visage, Leïla me souriait. Zineb avait disparu. Les muscles de mon visage se sont détendus et j'ai senti qu'un gros coquillage se fermait sur nous.

Lexique

Ahlan : « salut », « bienvenue ».

Allah yerhamhoum : « Dieu ait leur âme », « qu'ils reposent en paix ».

'Ammi : « tonton », utilisé pour dire « mon oncle » mais aussi comme marque familière de respect, parfois placée devant un prénom, « *'Ammi* Omar ».

'Atay : « pédé », « enculé ».

Baklawa : aussi orthographié *baklava*, pâte feuilletée garnie de fruits secs pilés et de matières sucrées. Pâtisserie.

Boumba : mot apparenté au français « bombe », servant à désigner un engin explosif, mais aussi certaines femmes jugées attirantes par celui qui parle.

Charika : « société », « entreprise ».

Chouf : littéralement « Regarde ! », mais peut aussi vouloir dire : « Je vais te dire quelque chose », « Écoute-moi bien ».

Dohr : prière de la mi-journée et aussi l'heure de cette prière, midi.

Dolma : plat de légumes farcis cuits en sauce.

E'jadarmiya : pluriel de *jadarmi*, emprunté au français « gendarme ».

Gazouz : boisson gazeuse, soda.

Harga : traversée de la mer par ses propres moyens et sur un bateau de fortune, pour aller en Europe. « Se barrer », « tout lâcher », mais aussi « resquiller », « frauder ». Littéralement, « brûler ».

Hmâr : « âne », « abruti ».

Icha : dernière prière de la journée en islam, à la nuit tombée.

Imazighen : pluriel d'*amazigh*, nom par lequel beaucoup de peuples autochtones d'Afrique du Nord se désignent dans leurs langues. On dit aussi « berbère » en français.

Jebba : robe traditionnelle.

Jouziya : nougat aux noix.

Kelb : littéralement « chien », « salaud ».

Kemia : amuse-gueule.

M'ma : « maman ».

Mouskoutchou : gâteau algérien proche de la génoise.

Qeche qedim : construit à partir de *qeche*, « vêtements » et *qedim*, « vieux ». Littéralement, « vieux vêtements » désigne un métier consistant à récupérer auprès des particuliers leurs vieux meubles pour les revendre.

Qewdi : « va te faire foutre. »

Rabbak : exclamation exprimant l'étonnement ou l'admiration, elle peut s'avérer agressive dans certains cas. Littéralement, « ton seigneur », « ton Dieu », « Bon Dieu ! ».

Saroukh : nom courant pour désigner le Lyrica parmi ceux qui en font un usage stupéfiant. Littéralement, « missile ».

Si : utilisé devant le prénom d'un homme fonctionne comme un équivalent de la marque de respect « monsieur », « *Si* Omar ».

Tchekhchoukha : mets de fête. Pâte de semoule émiettée arrosée d'une sauce, le plus souvent rouge, à base de légumes et de viande.

Ya zah : interjection. Comme on dirait « Zut ! », « Putain ! ». Marque la surprise, l'étonnement, l'admiration, l'indignation ou la frustration.

Yemma : « maman ».

Zetla : « shit », résine de cannabis.

Zrira : pâtisserie à base de farine, légumes secs et miel. Souvent préparée pour les naissances.

Table

Mise en pages : Anne Offredo, Valravillon

Cet ouvrage a été achevé d'imprimer
en août 2023 dans les ateliers de
Normandie Roto Impression s.a.s.
61250 Lonrai

N° d'imprimeur : 2302973
Dépôt légal : octobre 2023
ISBN : 978-2-38482-013-9
Imprimé en France